作者
陳郁如

作者序
一場刺激有趣的文字冒險

文／陳郁如

謝謝各位讀者對【仙靈傳奇】系列的支持。《詩魂》是這一系列的第一本書，當時我很忐忑，用唐詩當主題，會不會嚇到很多小朋友，還好大家的反應都很熱烈，也願意開放心胸進入唐詩的奇幻世界。很多人看過書後跟我說，他們的小孩對唐詩開始感興趣，也有大人說，現在唸唐詩，都有不一樣的想法跟感受了。

寫完《詩魂》後，我馬上有了《詞靈》的構想，當然最主要的，就是把宋詞寫入奇幻故事裡。剛開始有點困難，因爲我不願意換湯不換藥，把詩換成詞就好。我希望會有更多不同的故事走向，所以這次我加入其他元素，像是學校同學之間的明爭暗鬥，還有五行相生相剋的概念，也讓正氣靈跟陰氣靈有不少對手戲。所以這次寫起來，非常刺激有趣，自己也在詞的文字之間遊走探險。

另外，這次我使用離合詩的文字遊戲來製作謎題，讓儀萱解開最後的線索，這是一次非常特別的經驗，我在尋找資料的過程中學習不同型態的離合詩，有像書中提到孔融寫的那首，拆字的邊旁再合併成新的字；也有像白居易的〈遊紫霄宮〉，將前一個句子的最後一個字，分出一個部首，用在下一句的起頭；還有像陸龜蒙寫的〈閒居雜題〉，把前一句的字尾跟下一句的字首合起來成新的字，以此類推。在設計謎題的過程中，我發現中文字真的很有趣，可以有這麼多的變化，而且暗藏謎面，當你解出來時，一定會感到非常過癮。

《詞靈》寫完了，後面的故事會銜接這兩本，但是故事走向又完全不同，到時候，再請各位大小朋友跟我一起探索這個奇幻的【仙靈傳奇】系列吧！

推薦序

日漸遺忘的文化遺產

文／中央認知神經科學所教授　洪蘭

我在看完這本書稿的時候，報上正好刊登臺師大學生質疑「物理系爲何要讀古文？」學校從善如流，就把國文課改爲開發中文電腦字型，撰寫公眾募資、挽面、西服旗袍的文案，不再讀古文了。這個消息和《仙靈傳奇2：詞靈》的內容兩相比對，令人唏噓。臺灣的大學已經淪爲職業訓練所，不再是培養國民素養、提昇國民品質的地方。教學生寫募款文案怎麼會是大一國文的內容呢？

國文能力是一個作爲中國人的基本能力，是除英文以外，其他學科的基本能力。常有學生抱怨看不懂考試題目，這就是他國文能力不足，不能了解條件句。其實國文課可以教的東西非常多，本書中的離合詩就是一個非常有趣的材料。我念小學時，元宵節老師帶我們去行天宮猜燈謎，那是我第一次接觸到離合詩，覺得跟偵探小說一樣有趣好玩。當時名漫畫家牛哥寫了一本《情報販子》的小說，裡面就有一個重要的線索是離合詩的型態，把詩文拆開，就知道在扶梯之後，有個小門通往密室。中國文字可以這樣拆解偏旁，重新組合新字，得出另外一道詩，眞是妙不可言。其他像是回文詩，正讀、倒讀都是意境美妙的詩或詞，但現代的學生卻失去了解這個中華文化精華的機會，非常可惜。

我們何其有幸，生爲中國人，能夠享受祖先留下來這麼豐富的精神糧食。文化是一個民族最大的資產，人只要能讀古文，就能去跟古人對談，像書中的儀萱和宗元一樣，那是多麼有趣的事。我們浩瀚的文化寶藏眞是取之不盡、用之不絕。元曲更是中國文化精髓中的精髓，我小時候家中沒有童書，只有外公留下的《元曲選》和京戲的《大戲考》，在無書可讀的情況下，任何文字都是好的，所以雖然那時我還是懵懵懂懂的小學生，但優美的文字、起伏的故事令我三不五時就拿起來看，讓我從小就喜歡古文。我們應該可以從這些方面多多引導學生。

文學素養代表一個人的涵養，懂得欣賞詩詞，人生的境界就高一些，我總覺得大學教寫募款文案有點不對勁，臺灣社會太功利了，功利到令人不安，學生的品格、素養才是辦學的目標吧！

前陣子去參加一個諮商輔導學生碩士學位的口試，他論文的第一行是「十九世紀末，佛洛依德創立了心理分析這個領域，是該領域永垂不朽的始作俑者」，我很想告訴他佛洛依德有女兒，叫安娜，還相當有名。他是有後的，不是絕後的。國文還是要讀的，我不敢希望我們的大學生能像書中的主角那樣，隨意進出詞的境界，但至少要懂得基本的用詞遣字（「始作俑者」後面一句是「其無後乎」，作爲一個將來要爲人師表的碩士生應該要知道）。

希望這本書能讓讀者體會到詞的意境優美，而開始欣賞自己寶貴的文化遺產。

推薦序

在故事背後的正向意念

文／作家　何敬堯

靈，甲骨文寫作「霝」，此字裡出現的「口」，代表祭師在大乾旱之時進行祈雨儀式，口中念念有詞。而在金文裡，又會在「霝」的下方加上「玉」（以玉祭拜）、「心」（象徵一心虔誠）、「龠」（以樂器頌詠），或者是加上手形、腳形，象徵祭師手舞足蹈的祭儀過程。爾後，篆文裡則是加上「巫」，強調祭者身分。《說文解字注》則說「靈，巫也，楚人名巫為靈……極知鬼事曰靈。好祭鬼神曰靈。」

解讀「靈」此字的字源，是進入《仙靈傳奇2：詞靈》書中奇幻妙想世界的開門鑰匙。小說中，「正氣靈」與「陰氣靈」的相爭互鬥，導致陰陽失衡，因而詞界紛亂，就猶如「靈」的字源所言，是在黑暗絕望之時，人們正念祝禱，向天地祈求萬事萬物能回到原先的自然規律。在小說中的設定，則是說古代詞人的寫作，將自我的精氣神澆灌於詞作，讓每首作品都擁有了靈氣，才形成了詞靈。語言即咒，文字也是咒，因爲那是無比強大堅韌的意念，儘管無形，卻能藉由有形的語字來傳達深厚久遠的念想，這即是「詞靈」的正能量，口中頌詞，如同祭者歌禱，慰魂安靈，洗淨塵世垢想，祈求未來平和。

陳郁如不只是提供青少年讀者對於詞的新穎感受，更提供了一種面對人生與自我的正面想像。如同【仙靈傳奇】系列的第一集《詩魂》，男主角必須面對危險，在《詞靈》的故事中，曾經進入詩境的宗元，爲了拯救意外進入詞境的儀萱，也同樣奮勇冒險。不論這一趟旅程會遭遇何種阻礙，也有邪惡的存在隱身暗處、虎視眈眈，仍要勇敢前行。

1

唐詩背誦比賽後，儀萱明顯放鬆許多，大大的眼睛隨時都掛著笑意，額頭上的瀏海彷彿也飛揚了起來。她拿到一張獎狀，還有一千元的圖書禮券，對於愛看書的她來說，是最好的禮物了。這天放學，儀萱約宗元一起逛書店。

「你想好要買什麼了嗎？」宗元看儀萱一進書店就往二樓走去。

「我想買一些宋詞詞選。」儀萱輕鬆的說。

「詞選？」宗元皺起眉頭，「不會吧，你買詞選幹嘛？未免太無聊了，還不如去看『魔幻仙靈』系列最新一集出了沒，聽說這個月要出第七集。」

「陳老師說，她要開始教我們宋詞，我想先買幾本詞選回家預習，說不定以後學校也會舉辦宋詞比賽呢！」儀萱神采奕奕的說。

「拜託！」宗元翻著白眼，「你比賽上癮啦？隔壁的懷銘國中有論語背誦比賽，你要不要順便報名？」

「我真的背過論語耶！外校生也可以參加嗎？我明天就去報名！」儀萱睜大眼睛、非常認真的樣子。宗元覺得自己的眼白都快翻不回來了。

他們逛了一會兒，儀萱很大方的幫宗元買了「魔幻仙靈」第七集，感謝宗元去〈瑤池〉救她，讓她回來繼續比賽。她自己則選了五本詞選，要走時還挑了兩本論語。

「喂，你還真的要背論語喔？我是開玩笑的，他們不會讓外校生報名的啦！不要丟臉了。」宗元說。

「你怎麼知道？我還是先準備起來再說。」儀萱不理會他的訕笑。宗元也懶得理她，反正禮券是她的，愛怎麼花就怎麼花，他只要有最新的「魔幻仙靈」可以看就好了。

又到了國文課，陳老師穿著高跟鞋，頂著一頭蓬蓬捲髮，叩叩叩的走來走去。

「我上星期預告今天要開始學宋詞，有沒有人事先預習啊？」陳老師的話還沒講完，儀萱的手就舉起來。

「儀萱，你背了幾首詞呢？」老師鏡片後的眼神帶著期許。

「我只背了三、四首，沒有很多。」儀萱的回答讓一群同學做出暈倒嘔吐的動作，吳采璘還冷哼一聲，不過儀萱沒有理會。

「太好了，那你上來背一首給大家聽。」

儀萱聽了陳老師的鼓勵，臉上紅撲撲的，興奮的站上講臺。儀萱眞是適合在臺上表現。宗元心想。她一向心定，記憶力強，背誦詩詞對她來說輕而易舉，而且又天生有興趣。不像他，即使現在可以熟背好幾萬首唐詩，他也不願意上臺。

「那我背李煜的〈虞美人〉。」儀萱才說完，講臺下的學生就開始大笑。

「于美人？哈哈哈……」

「不是那個主持人于美人！」老師氣極敗壞的解釋，柳宗元也以為儀萱在講那個主持界名人。「那個不是人……不是，講錯了，不是那個人！眞是的，看我被你們氣的！你們這些小孩平常電視看太多，不然就是滑手機、玩電玩，要多讀書，多接觸古典文學，這樣才能通貫古今，氣質才會好！」

老師一直叨念，還好最後她想起來儀萱還在講臺上。「好了，儀萱你把〈虞美人〉背出來給大家聽。」老師講到〈虞美人〉三個字時，用銳利的目光掃過底下的學生，這次沒人敢笑。

儀萱的臉上回復光彩，她撥撥額前的瀏海，面帶微笑，大聲的唸出來：

春花秋月何時了，往事知多少。小樓昨夜又東風，故國不堪回首月明中。

雕闌玉砌應猶在，只是朱顏改。問君能有幾多愁，恰似一江春水向東流。

宗元還來不及鼓掌，只見儀萱眼睛一閉，像那天在唐詩背誦比賽那樣，身體一軟，往後倒了下去，所有人忍不住大聲驚呼。

「儀萱，你怎麼了？」穿著高跟鞋的陳老師神速的飛奔上前，把儀萱扶起來。只是儀萱像是睡著一般，沒有反應。

宗元心裡暗叫不好，難道西王母又來爲難儀萱？沒有理由啊，雖然後來兮行糾纏過她幾次，可是西王母已能控制心緒，不再讓愁思無限擴大，即使想念穆王，倒也沒有傷害、控制別人的想法。

但宗元還是決定去拜訪西王母一趟。他趁同學們圍在儀萱身邊，班上一團鬧哄哄的時候，在心裡默唸〈瑤池〉，來到西王母的宮殿。

西王母還是一樣優雅美麗，她倚著窗，姿態閒適的望著窗外，眼神有些憂鬱，柔軟的白色絲綢包覆著她修長的身段。

「宗元，你今天怎麼有空過來？」西王母面露微笑，很開心看到宗元來訪。

「請問娘娘，您有看到儀萱嗎？」宗元小心翼翼問道。

「儀萱怎麼了？」西王母臉上的笑容消失了，看起來也很擔心。

「儀萱她……她又昏倒了，我以爲……」

「以爲她在我這兒？」西王母搖搖頭，還好她的語氣並沒有不高興，「沒有，我沒有召喚她。她不在這裡。」

「難道她只是身體不舒服？」宗元低聲自問。

「她昏倒前唸了〈瑤池〉這首詩嗎？」西王母問。

「倒不是。她在吟一首詞。」宗元說。

「詞？」西王母沉吟著，微微瞇起美麗的雙眸，「我們都知道儀萱有些特殊能力，她會不會遇到什麼機緣，進去詞的意境裡了？」

宗元心裡一震，差點忘了儀萱也有特殊能力的事。

「謝謝西王母提醒，不好意思打擾了。」宗元拱拱手，向西王母告別。

然而當宗元回到教室，儀萱還是像睡著一般，一群人鬧哄哄的圍著她，陳老師已經請同學去健康中心通知護士阿姨。

宗元來到儀萱的座位，從她的書包裡找到那天一起去買的詞選，他打開書，找到李煜的〈虞美人〉，努力背誦……

儀萱睜開眼睛，發現自己身在亭閣之中，雖然是晚上，可是可以感到身旁花木扶疏，水榭樓臺佈置得富麗堂皇、美輪美奐。只是這些宮廷景色並沒有讓人感覺皇室的尊榮，相反的，周遭瀰漫著被禁錮的淒涼。這時夜幕低垂，明月高掛，一陣東風吹來，涼颼颼的。儀萱抬頭望著月亮，她看到一幕幕的影像從眼前閃過，是南唐後主李煜如何從一個高高在上的國主，面臨國破家亡，被宋太祖擄到汴京成爲階下囚的情景。就在這時候，儀萱也看到了自己的記憶，一層層的記憶像是雲朵般在腦海湧現，她閉起眼睛，讓這些記憶滲進全身上下每一個細胞，她知道爲什麼自己有那些能力了。

因爲她是詞靈。

她張開眼睛，看著四周熟悉的環境，走向一座樓臺。在那裡，一個身形消瘦的男子，穿著藏青色長衫，倚著欄杆遠眺，她彷彿聽見他輕輕的嘆了一口氣。

「是誰？」男子回過頭看著她，憂鬱的眼神，現在帶著點疑惑。儀萱走向他，男子透過月光望著她，臉上慢慢綻開笑容。

「是詞靈！是你沒錯吧？你回來了！」他的聲音應該充滿喜樂，不過可能太久沒有這樣的感覺，笑聲反而顯得突兀。

「是的。想不到你認得出我。」儀萱的眼神流露出光彩。

「你不在你原來的形體裡，可是你的眼神不會變，而且只有詞靈才能進來詞境。」

「國主英明。現在這個形體的名字是儀萱。」儀萱笑著說。

「我不是說過，我已經不是什麼國主了，叫我李煜就好了。」男子嘆口氣苦笑。沒錯，他就是南唐的末代君王李煜，也是創作這首〈虞美人〉的詞人，這首詞正是描寫他面對秋天的明月，滿庭的花草，卻忍不住回憶故國的無奈愁思。

「我不在的時候，詞境都還好嗎？」儀萱問。她看看四周，乍看似乎沒有什麼改變，但是她馬上就發現異狀：在詞境的昏暗角落裡，有些地方模糊不清，像是有人在水彩畫上倒了一杯水，被水沾濕後渲染開來。

「你也看到了，」李煜點點頭，「詞境變模糊了。不過還好你回來了，一切都會回復原狀。」

「我是回來了，不過，只有一半的我。」儀萱皺著眉頭，過去的回憶撞擊著她的腦海。

「什麼意思？」李煜也皺眉。

「詞人的創作，讓每首詞有了靈氣，形成了詞靈，甚至有了人形，維持詞境的美好。然而詞裡也有憂傷、感懷、痴怨、悲痛，那些負面意境造就了陰暗之氣。過去陰氣靈跟正氣靈同時存在在詞靈體內，如今，這兩股氣靈分開了，我是正氣靈，跟儀萱一體；而另一半的陰氣靈……」儀萱的話還沒說完，身旁一個人影閃動，一個少年忽然出現在她眼前。

「宗元！你怎麼來了！」儀萱驚呼。

「你果然在這首詞裡！」宗元瞪大眼睛，他看看四周，「想不到我也可以進入詞境！本來我背了〈虞美人〉，一點動靜都沒有，後來靈機一動，跟當初第一次進入〈江雪〉一樣，一邊背詩，一邊握住你的手，然後我就進來了。」

「看來詩魂說的沒錯，你有特別的力量。」儀萱點點頭。

「是誰把你抓來這裡的？」宗元擔心的問。

宗元這時才注意到李煜，李煜也看著他。

「所以他就是你的另一半？」李煜問。

「柳宗元？另一半？喔，不是不是。」儀萱趕忙揮手。

「這小子是唐朝詩人柳宗元？」李煜的眉頭皺得更緊了，他往前一步，上下打量。

宗元以爲他要對儀萱不利，趕快站出來擋在她前面，「喂，你是誰？你把儀萱抓來這裡做什麼？」

「宗元，退下。」儀萱握著他的手臂，往後退了兩步。宗元感到一股內力傳來，無法抗拒。「我不是他或任何人帶來的，是我自己背了詞，恢復了身分，所以才能進來詞境。」

「身分？什麼身分？」宗元好奇的看著儀萱。

「這位是寫〈虞美人〉的詞人，李煜。」儀萱先幫宗元介紹。

「南唐後主，李煜。」宗元點點頭，「我想起來了，他寫完這首詞就……」

「就怎麼了？」李煜狐疑問道。

「這位是柳宗元，我的同班同學。雖然他不是唐朝的那個詩人，不過這個柳宗元曾經進出詩境幫助詩魂恢復詩境。」儀萱趕快接話，當年李煜在〈虞美人〉中寫下「故國不堪回首月明中」，讓宋太宗非常不滿，所以在酒裡下毒害死他，不過現在不是說這個的時候。

「你剛剛說什麼身分？難道你也跟我一樣，需要去詞境裡救詞魂？」

「不是詞魂，是詞靈，我也不用去救詞靈，因爲我就是詞靈。」儀萱平靜的說。

「你？你是詞靈？」宗元驚訝的睜大眼睛，上下打量儀萱。「這到底是怎麼回事？」

「你進出過詩境，應該可以了解，宋詞跟唐詩一樣有詞的意境，這些詞人把想法、感情、心情，放入自己的創作中，讓後世的人欣賞吟詠，也讓普通的文字具有靈氣，造就了詞靈。跟詩境一樣，詞的意境有正面的精神，也有負面的情緒，不同的是，詞靈形成時，正氣靈跟陰氣靈同時存在一個形體裡。

「本來這兩股力量互相抗衡，力量相當，可是宋詞的詞境大多是愁意重、傷感懷，所以陰氣靈愈來愈強，有時候甚至壓過正氣靈，霸占整個形體，正氣靈就必須用更大的能量把控制權拿回來。兩方長期爭鬥下消耗許多能量，形體變得很衰弱，可是兩方都不肯罷休，想盡辦法要把對方趕走。

「我知道我的法力跟陰氣靈相當，如果要把它趕走，必須借助其他的力量，所以當我拿回形體的控制權時，我在詞境裡找了五樣靈物。你應該了解詞境裡的物品具有一定的能量，像是喜蓮的蓮子。我借助這些東西的能量，加上自己的法力，做成冰凝珠，用冰凝珠將陰氣靈逼出形體之外，同時凝封它的力量。」

宗元愣愣的看著儀萱，沒想到儀萱講出這番話來。

「只是，我想得出來的，陰氣靈也想得出來。它用一模一樣的方法來對付我，找到另外五樣靈物，做成黑凝珠，我們同時施法，把對方都震出形體，原本就已經很衰弱的形體這下更是灰飛煙滅。後來兩個氣靈來到人間，找尋新的形體，而我就落在儀萱身上。」

「所以，」宗元上上下下看著儀萱，「你是儀萱？還是正氣靈？」

「都是。我有兩組記憶。我是儀萱，我記得你、學校、老師、家人；我也是正氣靈，必須設法恢復原本的能力，才能繼續維護詞境。」

宗元看看四周，發現有些地方模糊不清，像是失焦的照片。他本來還以爲自己的近視度數又加深了，現在才知道是詞境開始崩壞了。

「所以，你要找到陰氣靈，讓它破解你身上的法力？」李煜說。

「它是不會幫我破解的，」儀萱搖搖頭，「我必須自己找出它當初所用的五項靈物，還原黑凝珠，才能破解法力。而且我還要找出陰氣靈的下落。」

「拿黑凝珠解黑凝珠，像是以毒攻毒嗎？」宗元問。

「嗯……比較像是你知道中毒的毒物成分後找出解藥。」

「那陰氣靈在人間嗎？世界那麼大該怎麼找？總不能一個個去問，你是不是陰氣靈吧？」宗元覺得這不是一件簡單的事。

「失去原本的形體後，我仍保有部分的法力，可見陰氣靈也是如此。我和它之間的關係是互相抗衡又互相連結的。我上星期買了詞選，在家裡背了幾首詞，可是從來沒有進入詞境，也沒有恢復詞靈的記憶，直到今天在國文課上。我想，我在大家的面前背出這首詞時，教室裡某個力量跟我呼應，這個力量就是陰氣靈，我和它的記憶同時因爲這首詞甦醒過來。」

「你是說，」宗元打個冷顫，「陰氣靈附身在班上一位同學的身體裡？因爲你把詞背出來，而它剛好也在場，所以你們兩個同時恢復記憶？」

「是的。」儀萱的眼神深邃沉重，宗元從沒有看過她這副模樣。

「你知道是誰嗎？」李煜問。

「我不知道。」儀萱無奈的搖搖頭。

「不過它一定知道你就是正氣靈，因爲你在課堂上背完這首詞，它就恢復記憶，而你就昏倒了。」宗元說。

「我昏倒了嗎？」儀萱驚訝的問，「我以爲我跟你一樣，只是痴呆了幾秒鐘。」

「我才沒有痴呆咧！」宗元瞪著儀萱，不過他很高興儀萱恢復原來講話的方式。

「它會不會也進入這首詞裡？」李煜左看右看。

「它的記憶只是被觸動，並沒有把詞背起來，應該不在這裡。」儀萱說，「而且它既然知道我在詞境中，在它的能力還沒有完全恢復前，也不會跟我硬碰硬。」

「你的意思是，陰氣靈也得找到當時你使用的五樣靈物，還原冰凝珠，來破解你的法力，才能恢復全部的能力嗎？」宗元問。

「對。所以我動作要快，必須趕在它之前先找到五樣靈物，不然，我就會被它制住，永遠不得翻身。」儀萱冷靜的說。

「班上有三十一位同學，會是誰呢？」宗元自言自語。

李煜瞇眼看著宗元，把儀萱拉到一旁。「你確定它沒有跟著你過來？陰氣靈說不定就是附在這個男生身上，不然怎麼這麼剛好，你前腳剛進入詞境，他後腳就接著進來？一般人是無法進入詞境的，你好生提防。」

「喂，你們講悄悄話也講小聲點，我人還在這裡耶！」宗元狠狠的瞪著李煜。

「放心，不是他。」儀萱自信的說。宗元感激的看著她。

「我們快回去吧，小心那個陰氣靈趁你昏睡的時候下毒手。」宗元說。

「好！」儀萱點點頭，她過來握著宗元的手，腦海想著教室的情景。

☯

彷彿一道電光從腦海閃過，像利刃一樣，劃開混沌的模糊區塊，過往的記憶一一掠過

——屬於陰氣靈的記憶。

它透過現在的形體看向四周，這個形體的記憶跟它的記憶合而爲一，所以它知道這是一間學校，現在正在上課。它望向前方，那個昏倒名叫儀萱的女孩，就是正氣靈，他們同時恢復了記憶。

一群同學圍在儀萱身邊，它也在其中。它伸手輕輕觸碰儀萱，她應該是進入〈虞美人〉的詞境裡了。它讓陰氣在體內運行一陣，知道自己的能力還沒完全恢復，但光憑這一、兩成的內力，捏死一個孩子仍綽綽有餘。可是藉由現在這個形體的知識跟經驗，它知道，在這個世界，自己這樣做會惹來很大的麻煩，最後可能不得不放棄這個形體。每次轉換形體時都會消耗許多能量，太不值得了。而且等正氣靈回來，還是可以找到另一個形體依附，到時候它還得去找正氣靈的去向。所以，不如維持現在的狀況，它可以趁機好好盯著儀萱，而且看起來，儀萱還不知道它附在哪個形體裡。敵明我暗，太有利了！它要小心隱藏自己的身分。

它現在要做的，是要找到正氣靈使用的那五樣靈物，只要比正氣靈先找到這五樣東西，它就可以破解自己身上的封印，恢復原有的法力，它也就可以打敗正氣靈，控制整個詞境了。

它看著眼前的儀萱，心裡有了對策……

「儀萱醒了！」林品達大喊，大家七手八腳的扶她起來。先前唐詩比賽舉行班級初賽時，儀萱曾打敗班上的品達跟采璘。

陳老師正在跟護士阿姨講話，看到儀萱坐起來，又叩叩叩走回來。「儀萱，你覺得怎麼樣？要不要去健康中心休息？」

「不用了，我沒事，我今天早上忘記吃早餐，休息一會兒就好了。我想繼續上課。」

儀萱和宗元交換了一個眼神。

「你確定嗎？不要勉強喔！」老師似乎很擔心。

「沒問題的。」儀萱精神抖擻，輕撥瀏海，給全班一個自信的微笑，不管陰氣靈躲在誰的身上，她要讓它知道，她並不怕它。

「好，那我們繼續上課。」陳老師扶扶眼鏡，拿起課本。

「剛剛儀萱背得不錯，那首〈虞美人〉是南唐後主李煜寫的，李煜被後人稱為詞聖，他的詞作呈現兩種風格。亡國之前，作品大多是描寫富麗奢華的宮廷生活，再不然就是風花雪月的男女感情；投降宋朝之後，李煜面臨亡國的悲痛，心境大轉，作品開始感懷過去，對於國破家亡的無奈與悔恨有深刻的描述，這首〈虞美人〉就是屬於後期的作品。我們來看第一句：『春花秋月何時了，往事知多少』，是利用景色帶入回憶往事的心情⋯⋯」

陳老師的講解總是讓人昏昏欲睡，宗元只想著：「這堂國文何時了，能夠睡多少」，眼皮已經跟地心引力投降了。

「你上課居然打瞌睡，給我站起來！」老師講話的嗡嗡聲變成怒吼，宗元嚇得跳了起來，膝蓋還撞到桌角，發出砰一聲，全班都轉過頭來看著他竊笑。這時他才發現，老師是站在趙以丞的旁邊，以丞旁邊的采璘用手肘頂他，後面的林品達用手拍他的頭。趙以丞一副睡眼惺忪的樣子，原來剛剛陳老師罵的人是他，宗元覺得自己眞是白痴。

「好啊，原來上課睡覺的不只一個人。」陳老師轉過頭看到宗元眼神茫然的站在那裡，更是氣昏了，圓框眼鏡後面的一雙眼睛瞪得更大。

「你們兩個站著，給我好好背這首〈虞美人〉，誰先背出來就先坐下。」

老師眞無趣，每次都拿背誦詩詞當管教手段。話雖如此，宗元在心裡暗笑，他不僅把這首詞背熟了，還剛到過詞境一趟呢！那個趙以丞平常功課不好，反應慢，怎麼可能是他的對手？宗元正要開口跟老師說自己背好的時候，趙以丞搶先舉手。

「老師，我背好了！」

陳老師狐疑的看著他，但趙以丞已經口齒清晰的唸出來：

「春花秋月何時了，往事知多少。小樓昨夜又東風，故國不堪回首月明中。雕闌玉砌應猶在，只是朱顏改。問君能有幾多愁，恰似一江春水向東流。」

宗元張大嘴巴，看了儀萱一眼。儀萱瞇起眼睛，神色不定。

難道是他？儀萱想。跟她一樣，以丞剛才也「睡著」，然後，平常不擅於背誦的人，忽然可以朗朗上口，這似乎不尋常。

老師讓以丞坐下，以丞顯得很得意，他從來沒有這麼快就背好一首詩。後來宗元也背出〈虞美人〉，所以並沒有整堂課都被罰站。

「你覺得是以丞嗎？」下課的時候，宗元迫不及待來找儀萱，壓低聲音問道。

「我不知道，」儀萱搖搖頭，「總不能直接走過去問，你是不是陰氣靈吧？」

「也對，我們還是按兵不動，先……」宗元忽然住口。

儀萱感到一個身影靠近，她回頭看，是以丞。以丞並不算高，不過他是學校游泳校隊，雙臂結實，肩膀寬闊，儀萱在座位上抬頭看他，感覺像一座小山。

「儀萱，這個星期天是我生日，我想請一些同學來我家社區游泳，你要不要一起來？」儀萱直視他的眼睛，想找出什麼蛛絲馬跡，不過以丞只是用期盼的眼神看著她。

「好啊，我去，你有沒有特別想要的禮物？」儀萱問。不理會宗元一雙腳在桌下猛踢，臉上一堆表情，暗示他也想去。

「你不用破費了，人來就好！」以丞開心的說。臨走前，他像是想到什麼，又轉回來，「宗元，你要不要也一起來？」

「嗯，我不知道耶，我明天再跟你說。」宗元看著天花板，一副不在乎的樣子。儀萱瞪了他一眼。

「沒關係，希望你可以來。」以丞不在意的笑了笑，回到自己座位上。

「假惺惺。一定就是他！」宗元撇撇嘴。

「你自己才是吧。明明就很想去，還假裝可有可無的樣子。」儀萱偷笑。

「我哪有很想去，我是怕你這個半調子正氣靈敵不過那個假惺惺陰氣靈，所以想跟去保護你。」

「我半調子的法力也比你強。」儀萱說完抓住他的手，傳送少許內力過去，宗元感到一陣灼熱，哇的大叫一聲，跳了起來。班上同學紛紛轉過頭來看是怎麼一回事，儀萱若無其事的放開宗元的手，在心裡偷笑。

「喂！你……」宗元狠狠的瞪著儀萱，「好心沒好報，你自己去好了！」

「好啦好啦，你先坐下，我有事要和你討論。」儀萱再度去拉宗元的手，宗元嚇得想躲開，可是儀萱動作更快，手一翻就握住他，只是這次她送出的內力和順溫潤，宗元感到一陣舒暢，自然沒再生儀萱的氣。

「怎樣？你找到那五樣東西了嗎？」宗元問。

「沒那麼容易。宋詞有成千上百首，裡面描述的東西那麼多，沒那麼好找！」儀萱搖搖頭。

「你不是詞靈嗎？這些詞應該都在你的腦海裡啊？」

「別忘了，我現在的法力只有一半，而且我跟陰氣靈分開後，詞境模糊不清，我還是要借助書本的幫助，不是像電腦那樣，將所有的詞在腦海裡快速掃過。」

「沒有任何線索嗎？」宗元想到詩魂當時在〈江雪〉留給他的第一個線索，不過儀萱自己就是詞靈，要是連她自己也不知道的話，那就難了。

儀萱再度搖搖頭。

「對了，我想問你，你當初選了哪五樣靈物把陰氣靈凝封住啊？」宗元壓低聲音問。

「這個……」儀萱警覺的看了宗元一眼，李煜的話在耳邊響起。

「拜託，你不會眞的以爲我是陰……」宗元生氣大喊。

「小聲點。」儀萱趕快攔住他，並且瞄了以丞一眼，他正和旁邊的采璘有說有笑，沒有注意到他們這邊。「我知道不是你，不過，我還是不要告訴你比較好。」

「你是不相信我，還是怕我到處亂說？」宗元的語氣很不滿。

「當然不是。」儀萱趕緊說，「就像你之前爲了保護我，不讓我知道西王母跟龍兮行勾結的事。相同的，如果你知道陰氣靈想找的東西，它一定不會放過你。」

「好吧！」宗元勉強同意。雖然他覺得自己沒有那麼弱，但不想跟儀萱爭辯。

「我只是在想，」宗元壓低聲音繼續說，「正氣靈跟陰氣靈本來是一體，息息相關，你們又用同樣的方法凝封住對方，你選的那五樣靈物，跟它選的一定有關連。」

宗元的話讓儀萱心頭一震，她居然沒想到這點。詩魂曾說，宗元雖然沒有法力，但不是所有能力都得來自法力，宗元有屬於自己的特殊能力。

宗元被詩魂選中、找回魂氣，現在跟她——詞靈也有關，看來他跟仙靈之間的確有某種程度的連結。

「你的話倒是提醒了我，」儀萱陷入沉思，「這是很好的線索。」

3

儀萱坐在家裡的書桌前，隨意翻看著買來的詞選，就是這些詞人的吟詠、感嘆，造就了詞靈。儀萱本來就對背誦詩詞感興趣，現在可以熟悉每首詞讓她興奮不已，對於自己擁有的兩份記憶，感覺既特別又熟悉，就好像詞靈很自然的成爲了自己的一部分。

昨天宗元的話給了她靈感，當初她選擇五樣靈物的方向，一定也是陰氣靈挑選的方向。而她當時，是利用陰陽五行的物質來設計冰凝珠。

金、木、水、火、土。

自然界的五行相生相剋，這之間具有無窮的能量，加上詞靈的法力，冰凝珠才足以凝封住陰氣靈。陰氣靈是她的另一半，跟她相生相剋，肯定也是朝這方向去找的。

也就是說，她要去找金靈物、木靈物、水靈物、火靈物、土靈物。

儀萱翻著詞選，看到李煜的〈菩薩蠻〉：

花明月暗飛輕霧，今宵好向郎邊去。剗襪步香階，手提金縷鞋。
畫堂南畔見，一向偎人顫。奴為出來難，教君恣意憐。

儀萱默唸詞句進入詞境，這裡跟之前李煜〈虞美人〉裡的背景一樣，都是宮廷小院，不過這是在李煜自己的皇宮裡。雖然兩首詞都是描寫夜裡的景色，可是這裡輕霧瀰漫，透露著一股幽靜花香，處處充滿浪漫的氣息。

小周后穿著剗襪，手拿著金縷鞋，悄聲走上臺階，來到畫堂之南。這時李煜出現，他知道小周后要見他一面有多不容易，立刻上前緊緊擁住她，看她依偎在自己懷裡楚楚可憐的模樣，忍不住興起憐惜之情。

儀萱不願打擾這對情人幽會，於是悄悄繞到李煜的身後，小周后手提的金縷鞋現在被扔在不遠的地上。跟詩境一樣，詞境裡的物品也有它們的能量，儀萱伸出右手，掌心對著金縷鞋，像是輕撫一隻寵物那樣，從上緩緩滑過。儀萱接收到金縷鞋的能量，讓這股能量在手心流轉，但是她可以確定這跟她被受制的法力完全無關。這不是她要找的金靈物。

不是這一首。儀萱嘆了一口氣，跟她猜測的一樣，這五樣靈物，絕對不是隨便到任何一首詞境裡就可以找到的，一定要找到對的那首才行。

可是，到底會是哪五首呢？雖然知道五行的方向，但範圍還是很大。就「金」這一項來說吧，帶「金」的詞就有無數首，像這首〈菩薩蠻〉就是其中之一，而可以代表「金」的不僅只有黃金，還包含所有的金屬礦物。

再想得深遠一點，五行跟天干、方位、顏色、神獸、季節、五臟都有關係，像「金」就代表天干中的庚辛、西方、白色、白虎、秋天，還有肺。

這樣一來，範圍就更大了。她必須設法找到對的詞句，才能拿到對的靈物。

儀萱悄悄的退出詞境，回到房間，翻著詞選努力思考。

星期天，儀萱跟宗元約好一起去以丞的生日會。這天高溫炎熱，是個適合游泳的日子，兩個人光是走在路上就覺得好像要融化了。

「你準備了什麼禮物？」儀萱問宗元。太陽刺得她睜不開眼睛，汗濕的瀏海貼著她的前額，真不舒服。

「『魔幻仙靈』裡那個千年靈蛙公仔。現在很紅，他一定會喜歡。」宗元得意的說。

儀萱不置可否，撇了撇嘴。

「那你了買什麼？」宗元看了看儀萱手上的禮物大小，「這是書嗎？喂，你該不會買了一本詞選給他吧?」

「你管我!」儀萱瞪他一眼。

「你用不著買詞選給他,我看他就是那個陰氣靈,什麼詞都背得滾瓜爛熟了。」宗元說。

「你覺得是他?」儀萱帶著期待的眼神看著宗元。宗元具有特殊的能力,當初他在尋找魂氣的時候,就對正確的詩句有所感應,說不定這項能力可以幫助她找出陰氣靈。

「我看八成是他,不然他幹嘛邀請你去他的生日會?不安好心。」

「拜託!他邀請班上全部的同學,你不也收到邀請了嗎?」儀萱開始覺得宗元在胡說八道。

「哼,說不定那只是障眼法。我猜他會趁大家不注意,偷偷把你叫去什麼偏僻的角落,然後對你不利。不過你放心,有我在,不會有事的。」

現在儀萱連瞪他都懶了。

「宗元!儀萱!」

宗元聽到陳老師的聲音在身後響起,嚇了一跳,下意識的看向四周,確定自己不是在教室裡,而是在街上。

「老師，你怎麼在這裡？」儀萱也很驚訝。

「你們要去以丞家嗎？我家跟以丞家在同一條街上啊。」陳老師看到他們很開心。她今天沒穿高跟鞋，感覺比他們還矮。

「是啊，以丞邀請我們參加他的生日會，老師也要去嗎？」宗元嘴巴這麼問，不過心裡偷偷祈禱老師不會去，他可不想看老師穿泳裝的樣子。

「不了，你們年輕人去玩吧，我不要打擾。剛才我已經先去過他家，把禮物給他了。我還有事先走了。」陳老師跟他們揮手道別。

宗元鬆了一口氣。如果陳老師也要去的話，他不如回家做功課算了。

儀萱和宗元來到以丞的家，同學們三三兩兩聚在社區中庭聊天，儀萱看了看，班上的同學幾乎都到了，另外，還有一群男生聚在泳池邊大聲笑鬧，儀萱認出他們是游泳校隊的成員。

一群男生互相推打著，儀萱走過他們時，一個男生用力推了另一個男生一把，後者腳步一滑，撞到儀萱。儀萱感到重心不穩往後倒，可是她馬上運氣全身，右腳往後一跨，身形微轉穩住腳步。

這對她來說輕而易舉，只是這樣一來，撞到她的男生身前一空，整個人便往泳池撲去。雖然他是游泳校隊的成員，掉下去不會有事，可是儀萱還是不能眼睜睜看他摔下去。她右手一翻，迅速抓住男生的手。

男生本來朝著儀萱滑去，心裡一驚，料想不是兩人一起跌進泳池，至少也會把儀萱撞進去，沒想到一股力量莫名其妙從手上傳來，硬生生把他往後拉，他一下子控制不好兩個力道，猛地向後倒去，摔在泳池邊。

「哎喲！」男孩哀叫一聲，滿臉通紅看著儀萱。其他男生在一旁哈哈大笑。

「哈哈哈，顧曄廷，你太弱了吧！」，「你居然被女生彈回來！」，「曄廷，你太丟臉了！」

那個叫顧曄廷的男生搔搔頭，不知所措的站起來，和游泳隊的朋友繼續打鬧，儀萱小心繞過這群無聊的男生，不理會他們。

「嘟嘟」兩聲，儀萱的手機收到一則簡訊。

「你剛剛小露一手喔，

不過你要小心，不要讓別人看出來你有內力。」

「不會啦，
那群笨蛋只顧著打鬧。」

「我看那個以丞一直瞄你，
他一定在猜測你現在恢復了多少法力。
總之，你小心點。」

「不知道為什麼，
但我覺得不是他。」

「不要人家邀請你參加生日會，
你就覺得他是好人。
他忽然會背詞，這很詭異耶！」

「唉呀，你不要亂猜，
我要去拿果汁了。」

儀萱打完那句話就不理他。不過，自從她來到生日會，就覺得哪裡怪怪的，好像某個角落裡，有股晦暗的氣息纏繞，像是兩道陰鬱的眼光，悄悄的盯著她。她警覺的四處張望，卻什麼也看不到。儀萱暫時不打算跟宗元提這件事。

他們走過泳池，來到一個擺滿食物飲料的長桌，一對中年男女朝他們走來。

「我是以丞的媽媽，這是他爸爸，謝謝你們來參加他的生日會。」以丞的媽媽和善的跟儀萱打招呼。以丞的爸爸不多話，只是微笑點頭。

「趙媽媽好，我是儀萱。」

「我是宗元。」宗元自我介紹後，兩人把帶來的禮物拿給以丞的媽媽。

「哎呀，不要這麼客氣，你們來以丞就很開心了。你們可以把禮物放在那裡，然後過來跟大家一起吃東西，有披薩、炒麵、壽司，還有果汁跟珍珠奶茶，你們喜不喜歡吃臭豆腐啊？」以丞媽媽指著桌子，熱情的招呼他們。

儀萱跟宗元走到桌邊放下手上的禮物，宗元看到其中一個是淺藍色包裝，上面寫著陳老師的名字。

「喂，」宗元推推儀萱，「你看那份禮物，我猜陳老師跟你一樣都買了詞選。」

儀萱懶得理會，接過以丞媽媽遞來的盤子準備拿東西吃。一路走來，她也餓了。

「儀萱，我們等等要去游泳，你要不要一起下來玩？」采璘跟以丞走過來，看似好心的邀請她，不過話語中帶著挑釁的意味。吳采璘是去年轉來的轉學生，據說她在原本那間學校是唐詩背誦比賽第一名，本以為到了新學校也可以所向無敵，沒想到在班級比賽就輸給儀萱，那次之後她就對儀萱懷有敵意。

「呃……我不會游泳。」儀萱老實的說。

「是啊，你把所有的時間都拿去背詩，哪像我們那麼閒，有時間學游泳，對不對？」采璘故意推推以丞，還誇張的大笑。

「不會啊，以丞那天不是也很快的在『睡夢』中背出〈虞美人〉？就像有特殊能力一樣。」宗元反駁，還故意加重「睡夢」兩個字。

「嘿嘿，我也不知道為什麼那天忽然開竅，應該只是湊巧啦！」以丞抓抓頭，不好意思的說。

「還真巧！」宗元偷偷翻了個白眼，覺得以丞也太會演戲了。

「走嘛，我們一起下水玩。」采璘硬拉著儀萱。以儀萱的力量，要擺脫她並不難，不過宗元剛才的話提醒了她，讓她不敢隨便使出法力。

宗元看儀萱下水，也跟著過去，一轉眼，一群人都進了泳池裡。大家互相潑水、嬉鬧，玩得很開心，剛才在地面上的暑意一掃而空。

「你眞的不會游泳嗎？我教你。」以丞游到儀萱身邊熱心的說。

「不用，我……」儀萱的話還沒說完，采璘已經游過來，用力拉著她的手臂，朝水深的地方游去。

儀萱的雙腳踩不到底，心裡一慌，開始亂踢，喝了好幾口水。

「不要怕。」以丞強而有力的手臂抓緊她另一側。

儀萱稍微穩住身體，浮出水面換口氣，正要開口請以丞帶她回去，忽然覺得背上一緊，一股力量強壓著她往水裡去。

儀萱只覺得胸口一陣悶痛，試圖抬頭離開水面，可是那股奇怪的力量在她身體周圍擴散，像是千萬條細絲裹住全身，讓她動彈不得。

「不行，不能死在這裡！」

一股正氣在儀萱體內升起，她的腦海中浮現出一段記憶。

那時，正氣靈跟陰氣靈還同在一個形體裡，那個形體是一個十五歲模樣的女孩子，有一天，她來到周紫芝的〈踏莎行〉，那是一首講述離愁的詞。

情似游絲，人如飛絮，淚珠閣定空相覷，一溪煙柳萬絲垂，無因繫得蘭舟住。
雁過斜陽，草迷煙渚，如今已是愁無數，明朝且做莫思量，如何過得今宵去。

這首詞上片的意思是，漫天飛舞的柳絲，有如不定的感情；隨風飄散的棉絮，就像四處奔波的旅人。溪流上籠罩著輕煙，岸上垂掛著一絲絲柳條，卻還是無法把要離去的舟子攔住。

詞靈站在溪邊，感受這份愁緒，忽然興致一來，想下水游泳。

她抬頭看見日頭西下，一隻雁飛過，兩岸的樹木草地被煙波瀰漫。她在溪裡遊走，不時把頭埋進水中，享受這份孤寂。

突然間，她感到手腳一緊，體內兩股力量在抗衡。陰氣靈施法，讓岸上千萬條柳絲鑽入水中，纏繞著她，而且這股陰氣愈來愈強，她不僅不能控制四肢，也不能控制心智，只覺得體內氣鬱栓塞，周身膨脹快要炸開。

那是陰氣靈第一次壓制正氣靈，霸占整個形體，後來正氣靈花了好大的力氣，才把控制權拿回來，讓兩個氣靈恢復平衡，但是也因此消耗不少能量。

泳池裡，儀萱先穩住自己的心智，雖然法力沒有全部恢復，但是現在陰氣靈不在體內，而且它的力量明顯還是很弱。儀萱依照詩魂給她的指點，運氣周身，熱氣滑過每個穴道，消散每條纏繞手腳的細絲。漸漸的，她感到手腳可以動了，接著她再運用這股眞氣，划動池水，迅速回到池邊。她的心思繞轉那麼長一回，實際上卻只有短短的幾秒鐘。

當儀萱浮出水面時，以丞睜大眼睛說：「哇，你學得好快啊！」

「明明會游，幹嘛假惺惺說不會。」采璘輕蔑的冷笑。

儀萱看著兩人，不確定哪個才是陰氣靈，不過，她知道去哪找第一個靈物了。

生日會辦得很熱鬧，大家聊天、吃東西、玩撲克牌、聽音樂、游泳玩水。游泳校隊的男同學們比賽誰游得快，趙媽媽說，游最快的可以吃兩塊蛋糕並且幫以丞拆禮物。剛剛差點把儀萱撞進泳池裡的顧曄廷拿到第一；以丞緊跟在後，拿到第二。

趙媽媽等大家擦乾身體、換好衣服，捧出一個插了十六根蠟燭的大蛋糕。

「祝你生日快樂，祝你生日快樂……」，大家大聲的唱生日快樂歌，以丞的臉紅撲撲的，笑得很開心。

所有人一邊吃蛋糕，一邊看以丞拆禮物。顧曄廷因爲游最快，可以在以丞旁邊幫忙。

「陳老師剛才來過，先拆她的禮物好了。」趙媽媽建議。顧曄廷拿起那個淺藍色包裝的禮物，以丞興奮的打開。

「啊……是一本詞選。」以丞失望的表情全寫在臉上。宗元得意的偷笑，他果然沒猜錯，陳老師眞的買了一本詞選當禮物。

「老師是一片好意，你那是什麼表情！」趙爸爸打了一下以丞的頭，不過沒有眞的生氣的意思。

「來來來，繼續拆禮物。」趙媽媽熱絡的說。顧曄廷遞給以丞下一個禮物。

「這是……」以丞把宗元的禮物拿在手上，左轉右看，「一隻青蛙。」

「喂，什麼青蛙！那是〈魔幻仙靈〉裡的千年靈蛙！」宗元嚷著，氣他不識貨。

「喔，謝謝你的千年魔蛙。」以丞看他爸爸又舉起手，趕快道謝。

「是靈蛙，眞是頭腦簡單的傢伙！」宗元暗罵。

「這是儀萱的禮物。」顧曄廷拿出下一個包裝。

「世界泳將名人錄？」宗元正要翻白眼，卻聽到以丞興奮的大喊：「哇！這裡面還有我的偶像『飛魚』的詳細介紹跟照片耶，你怎麼知道我喜歡這個？太棒了，謝謝！」

看儀萱得意的樣子，宗元還是翻了個白眼，不明白怎麼會有人拿魚當偶像。

宗元接過趙媽媽遞過來的蛋糕，正要享受，手機閃了兩下。

「生日會結束了，我們可以走了。」

「我蛋糕還沒吃耶！」

「只懂得吃！我有事告訴你。你猜的可能沒錯。」

「猜什麼？」

「不要拖時間了，快走！」

「好啦！」

宗元趕快吞下一大口蛋糕，站起來跟儀萱一起離開。

兩人離開後回到儀萱家，儀萱把剛才在泳池裡發生的事告訴宗元。

「那時看你被以丞帶到水池深處，我就知道不妙，果然是他！」宗元忿忿的說。「早跟你說了，你就不信。他這幾天背詞背得那麼好，一定有問題，現在還差點害死你！我們該怎麼辦？」

「報警或跟大人說都沒有用。大家看到的是我忽然學會游泳，安全的游開，不會有人相信我的。而且這件事最終還是得靠我跟陰氣靈自己解決。」儀萱說，「現在唯一能做的，就是快點找到那五個靈物。」

「你說你有第一個線索了？」宗元謹慎的問。

儀萱點點頭。「我要去〈踏莎行〉一趟。」

「這是誰的詞？要不要我也一起去？」宗元擔心的問。

「不用了，」儀萱笑笑，「不過我離開的時候，需要你待在我的形體旁邊，希望這次我不會再昏倒了。」

「沒問題。」宗元說。

儀萱放心的閉上眼睛，進入〈踏莎行〉。

情似游絲，人如飛絮，淚珠閣定空相覷，一溪煙柳萬絲垂，無因繫得蘭舟住。
雁過斜陽，草迷煙渚，如今已是愁無數，明朝且做莫思量，如何過得今宵去。

儀萱進入〈踏莎行〉後，看到眼前跟上次一樣，柳絲隨著風飄散，漫天的棉絮到處飛舞，只是跟先前的詞境相比，這次的情景更是煙霧迷濛、難以辨識。儀萱運氣朝著四周送出內力，霧氣一遇熱後馬上消失，但過不了多久，被融散一角的霧氣又頑固的聚攏起來。

儀萱嘆了一口氣，在她的法力恢復前，是修復不了詞境的。

儀萱朝著溪邊走去，她在這首詞的溪水第一次被控制住，陰氣靈肯定會用這裡的溪水作爲五行中的水靈物。

流水琤琤，儀萱愈接近溪邊，水氣愈是迷濛，忽然間，她腳下一緊，整個人被倒吊起來。

「啊！」她忍不住驚呼，原來是溪邊垂下的柳絲纏住她。儀萱先定下心，用法力切斷那條柳絲，但是她人還沒落地，千萬條柳絲就朝著她急射而來，手、腳、身體、頭、頸部都被纏住，彷彿是被蜘蛛網攫住的獵物，整個人動彈不得。

看來，陰氣靈留下的法力還在，它借力使力的能力一直很強，這首詞裡的柳絲都被施法，用來保護這裡的水。

儀萱脖子上的柳絲愈纏愈緊，無論她怎麼運氣施法，也撼動不了半條柳絲。

「必須離開這裡！」

儀萱靈光一動，默唸一首詞，逃出〈踏莎行〉，來到周邦彥的〈少年游〉：

并刀如水，吳鹽勝雪，纖手破新橙。錦幄初溫，獸香不斷，相對坐調笙。
低聲問：向誰行宿？城上已三更。馬滑霜濃，不如休去，直是少人行！

儀萱來到當年李師師的閨房，這房間佈置得溫暖雅緻，看得出女主人的高雅脫俗。但一想到周邦彥就躲在床下，儀萱就忍不住心裡偷笑。

原來周邦彥跟京城名妓李師師相會，卻遇到宋徽宗也來探望李師師，他情急之下，只好躲到床底下，這首詞便是他聽見皇上跟心愛的人調情的過程後所寫下的。

這首詞一開始，先用日常生活的簡單器物點出兩人相對的場景，桌上的剪刀明亮如清水，吳地出產的鹽像雪一樣的潔白，女子的纖纖細指戳破了新鮮的橙子，橙香伴隨的神獸雕刻的香爐所吐出的煙香，瀰漫整個溫暖的帷幕。

徽宗與師師隔著木桌相對坐，彼此調弄著手中的笙，通曉樂律的兩人一起彈琴，低聲和唱。

儀萱趁著他們在彈琴唱歌，身形快速一閃，欺近木桌，拿走擺在上頭的剪刀，在兩人還沒意識發生什麼事之前快速離開。

這把剪刀出產於并州，以鋒利著稱。雖然在這首詞中，只描述剪刀光亮如水，但是唐朝的詩人杜甫，曾在〈戲題王宰畫山水圖歌〉中描寫并州的剪刀有多鋒利：「焉得并州快剪刀，翦取吳松半江水」，這剪刀鋒利到可以剪斷江水，正是儀萱要的。

她再度來到周紫芝的〈踏莎行〉，走近溪邊。

彷彿聞到獵物的氣味，溪邊的柳樹一陣騷動，千萬條柳絲一起掃來，這次儀萱有了準備，運氣在手，舞動剪刀，朝著柳絲剪去。

這剪刀果然鋒利無比，只消輕輕一碰，柳絲馬上一分爲二。

只是柳絲來得又多又急，儀萱剪了纏上她手臂的五條柳絲，就有另外三條繞上她的大腿，四條捲上她的腰間。柳絲忌憚她手上的剪刀，不敢靠近她的右手，朝著她的左手、雙腳、頭、頸、腰背射來。

兩條柳絲一左一右向她的脖子纏繞過來，儀萱低頭閃過，右手一揮，兩條柳絲齊斷。

她順手剪斷腰間的四條，但是背上一痛，好幾條柳絲打向她的背，纏上前胸，她正要伸手去剪，兩隻腳踝同時被捲上，儀萱只覺得身體騰空而起，接著便被柳絲重重摔進水裡，五條柳絲纏上她的口鼻，讓她不得呼吸，其他的柳絲則是牢牢的捆住她，用力把她壓進溪水深處。

儀萱右手握著剪刀不斷揮舞，閉住呼吸，心中默唸：「并刀斷水！」她用盡全身的法力，灌注心念在這把剪刀上，右手用力擲出。只見剪刀急射而出，順著儀萱的人形劃開溪水，好像剪紙娃娃那樣，把儀萱周身的溪水劃開，同時也剪斷千萬條柳絲。

柳樹受創後收回半截柳絲，不再對儀萱攻擊，原本纏住儀萱身上的那些柳絲也失去法力，散落溪中，隨著流水而去。

儀萱全身不再被束縛，漂浮在被剪出來的溪水裡。她閉上眼睛感受溪水的力量，這股力量進入她的身體後往下腹游去，集中於丹田，再向兩側散去。她知道五行跟內臟的關係，腎屬水，陰氣靈所用的五樣靈物之一——水靈物，就是來自於這首詞。她找到水靈物了！她把這股能量儲存在體內，等收集五樣靈物的能量，她就可以重現陰氣靈的黑凝珠，加以破解。

儀萱睜開眼睛，全身運氣，人形的溪水瞬間四散，回到原來的溪水裡。儀萱躍出水面，拾起剪刀，再把剪刀還給李師師後，她回到自己的房間。

「怎麼樣？這首詞對嗎？」宗元看儀萱醒來，焦急的問。

「是那首詞沒錯。」儀萱點點頭，「我拿到一樣靈物了。」

「太好了。」宗元的臉上露出笑容。

「我這次有沒有昏倒？」儀萱擔心的問。

「沒有，你這次只是愣個幾秒鐘。」

「那就好。我想，在教室的時候我的記憶力跟法力剛恢復，可能形體還不能適應。」

儀萱鬆了一口氣，「如果進出詞境不會昏倒的話就太好了。」

「這首詞有給你下一首詞的線索嗎？」宗元問，因爲當時詩魂留下線索的方式，就是一首詩連到下一首。

「沒有，」儀萱搖搖頭，「我必須想別的方法。」

它感到腰腹兩側一陣劇痛，來得快去得也快，但是它知道事情不妙，腎屬水，難道正氣靈找到了水靈物了？它進入〈踏莎行〉，看到柳樹上的柳絲被砍去一半，立刻知道儀萱

已經找來這裡了。

「沒用的東西！」它心中升起一股怒氣，手一揚，噴出兩道細火，最靠近的柳樹馬上著火燃燒，很快的，溪邊的樹都遭到波及，兩排熊熊的大火映著溪水，水天一片橘紅，在煙霧迷濛的背景裡，更是顯得鬼魅妖豔。

看著火勢吞沒柳樹，它心裡冷笑，浮現一抹快意。不過仔細想想，這也要怪自己太大意，選了〈踏莎行〉裡的水，它原本以爲那是正氣靈第一個被壓制的地方，要再壓制她一定不難，而且這「水」字沒有直接寫在詞裡，而是暗藏在溪裡，正氣靈要找到沒那麼簡單，看來是自己太小看她了。

它深呼吸一口氣，沒關係，接下來四樣就不會那麼簡單了。它有信心。

只是，正氣靈到底選擇了哪五樣靈物？當初它選的是五行的能量，正氣靈很有可能也是同個方向。它得要快！想到正氣靈比自己早一步拿到第一個靈物，令它忍不住焦躁起來。

「宗元，你有沒有看到我的國文隨堂本？」儀萱一邊慌慌張張的問，一邊在桌上、抽屜、書包來回翻看。

國文隨堂本是陳老師每學期規定大家準備的一本筆記本，用來記錄上課的筆記、心得，每個星期老師都會收去看。

「沒看到。」宗元說，「怎麼了？」

「我找不到！」儀萱一副快哭的樣子。

「不要急，慢慢找，明天老師才要收。」宗元安慰她。

「不是……」儀萱大動作的翻找，「我把其中一首詞寫在上面。」

「你是說……」宗元驚恐的看著她，「有靈物的詞！」

「噓！」儀萱看以丞剛好走過去，不知道有沒有聽到他們的對話。

其實，這些對話是他們昨天就演練好的，爲了引以丞上鉤。在宗元建議下，他們打算像先前引誘兮行到〈趙將軍歌〉那樣，對以丞故計重施。他們猜測以丞就是陰氣靈，不過爲了確定這件事，他們打算故意讓以丞看到其中一首詞——柳永的〈甘草子〉。當然，這首詞裡沒有靈物，是他們設下的陷阱。如果以丞眞的是陰氣靈，一定會好奇去〈甘草子〉看看。

「所以你會守在〈甘草子〉裡，然後伺機對它動手？」宗元問。

「不行，我的法力還沒全部恢復，硬碰硬沒好處。」儀萱嘆口氣。

「你拿到其中一樣靈物，有幫你恢復一些法力嗎？」宗元問。過去他幫忙詩魂尋找魂氣時，每拿到一個魂氣，功力就增加一些，不知道儀萱是不是一樣。

「沒有。我只是暫時把那樣靈物的能量存在體內，我一定要拿齊五樣靈物，才能用正氣解開。」儀萱搖搖頭說。

「你到底拿到什麼東西啊？」宗元忍不住好奇的問。

「溪水的力量。」儀萱想了想，還是告訴他。

「我還以爲你要找一塊玉或一個碗之類的東西呢。」宗元一邊翻著詞選，「那在〈甘草子〉裡，你讓以丞以爲他要拿什麼？是那隻鸚鵡還是鴛鴦？」

「不是，是那個金鳥籠。」儀萱說。

「那你不去祠裡守著，怎麼知道它有沒有進去？還有它到底是誰？」宗元問。

「我自有辦法。」儀萱神祕一笑。宗元覺得儀萱似乎變得高深莫測。

「噓。」儀萱雖然壓低聲音，可是音量剛好可以讓旁人聽見，「不要在這裡談論靈物的事。」

以丞若無其事的經過他們，不過儀萱確定他有聽見他們的對話。

今天一早，宗元刻意提早到學校，偷偷把儀萱的國文隨堂本放到以丞的抽屜，然後再演這一齣戲，假裝儀萱找不到本子，上面還寫了一首帶有靈物的詞。這下以丞看到隨堂本，一定會好奇打開來看。

「好了，已經上課了，大家不要走來走去。」陳老師看著以丞又折回來走向儀萱。

「剛剛儀萱找不到她的隨堂本，不知道為什麼在我這裡，我只是拿來還她。」以丞跟老師解釋。

「好，快回去坐好。」老師瞪了儀萱一眼，「我們先來看看上次小考的成績……」

趁老師忙著發考卷，宗元跟儀萱交換了一個眼神。

接下來的上課時間，以丞都沒打瞌睡，不知道他是不是不想儀萱起疑。放學一回家，儀萱就迫不及待的衝進房間。

「萱萱，你要不要吃點心啊？我買了你喜歡吃的芋頭糕。」儀萱的媽媽喊著。

「不了，我好累，想先休息一下。」儀萱說完便關上房門。

她坐在書桌前，在心裡默唸柳永的〈甘草子〉。

> 秋暮，亂灑衰荷，顆顆眞珠雨。雨過月華生，冷徹鴛鴦浦。
> 池上凭欄愁無侶，奈此個、單棲情緒！卻傍金籠共鸚鵡，念粉郎言語。

眨眼間，儀萱便出現在一個精緻美麗的迴廊。現正是晚秋時節，天色陰沉，一顆顆珍珠大小的雨點落在廊外的荷花池裡，打得一片枯荷亂顫。不遠處，在鴛鴦棲息的水邊，雨後月亮升起、空氣冷冽，顯得更加孤單、惆悵。

屋簷下吊著一個金鑲的鳥籠，裡面一隻鸚鵡機靈的看著儀萱。

儀萱看四下無人，悄悄走向鸚鵡，用手碰碰金鳥籠。

「有人來過這裡嗎？」儀萱悄聲問。

「沒有，沒有。」鸚鵡嘎嘎說著人話。

儀萱感到一陣失落。難道她猜錯了？還是陰氣靈晚點才來？她可不希望遇到它，時機還沒到。儀萱心想自己不宜停留太久，接著便退出詞境回到房間。

接下來整個晚上，儀萱進出〈甘草子〉不下幾十次，時間都很短促，但是從鸚鵡那裡得到的消息都一樣：沒有人來過。令她感到焦躁不安。

直到第二天晚上，儀萱幾乎要放棄了，睡前她再次進入〈甘草子〉。她才一出現，就聽到嘎嘎聲。「來了，來了，有人來過了。」

「誰？長什麼樣子？說了什麼話？」儀萱覺得心跳加速，緊張的看著鸚鵡。

「一個少年，長得很結實壯碩。他在詞境裡到處察看，似乎很不安。他走過來，用手碰碰我的籠子，然後忽然很生氣，罵道……」鸚鵡的嘎嘎聲停止了，換了一個聲音，「那個賤人騙了我，浪費我的時間跟能力！」

儀萱打了個冷顫，那是以丞的聲音！這隻鸚鵡有靈性，不僅可以學人語，還可以模擬一個人的聲調語氣。

儀萱點點頭，思緒飛快旋轉。

以丞就是陰氣靈。先前的懷疑都得到證實，而且現在它知道儀萱懷疑它的身分，設計陷阱戲弄它，一定會有所行動。

接下來怎麼辦？她一時還沒有主意，但是搶先拿到水靈物讓她稍微安心一點。她得加緊腳步，找到其他四樣靈物。

它累得癱在床上。這次讓以丞進出〈甘草子〉，用盡了體力跟能量，差點以爲撐不過去了。

不過看來，它的計劃成功了，至少一部分。

儀萱被游泳校隊那個男生撞到時所施的法力，以爲沒人看到，雖然它所處的角度不好，卻將一切看在眼裡。那個男生摔了四腳朝天，可見儀萱的法力恢復有限，不然應該可以讓兩人都安然無事。只是沒想到接下來在泳池裡的行動並沒有成功，它原本希望就算沒能淹死儀萱，至少也要讓她的形體昏迷受損，在醫院裡躺個一陣子，它就可以爭取時間搶在正氣靈之前找到五樣靈物，但是居然讓儀萱躲過了，看來不能太輕忽。

不過，至少它成功讓儀萱跟那個叫宗元的男孩相信它現在依附在以丞身上，不會懷疑它。

它跟儀萱一起恢復記憶那天，它在課堂上觸碰以丞，暗暗施入一些法力，讓他馬上背出〈虞美人〉。生日會那天也是如此，它藉由以丞的手困住儀萱，只可惜它的法力恢復有限，不能成功制住儀萱，而且這兩次施法已經讓自己消耗許多能量，需要一段時間復原。

這次，儀萱的本子忽然不見，又湊巧在以丞那裡，它馬上嗅到這中間沒有那麼簡單。看來，它希望儀萱以爲以丞就是陰氣靈的計謀奏效了。如果儀萱認定以丞就是陰氣靈，就不可能刻意留線索給他，可見那線索是假的。

但是，不能因爲是假的，它就不出現。如果它希望儀萱繼續誤會下去，它一定得出現，而且還得用以丞的形體出現。

只是，這個風險太大了。以它現在的法力沒辦法完全控制以丞，帶著他進出詞境。但是它沒有選擇，就算這方法行不通，也得要試一試別的辦法，而且要速戰速決。

它跟以丞接觸過許多次，拿到他的部分精氣跟能量，讓它可以用法力複製一個假的以丞，所幸現在詞境被破壞得厲害，到處模糊難辨，那隻愛管閒事的鸚鵡絕對看不出有什麼不同，而且肯定會把話帶到，讓儀萱知道以丞去過詞境。

它得意的笑著，閉眼運氣，感覺能力一點一點回來了。

跟正氣靈的對抗還會持續下去。它得找出正氣靈當初選擇的五樣靈物，但到現在它還是沒有明確線索，除了可以肯定的是，正氣靈跟它一樣也是從五行中挑選靈物。

金、木、水、火、土，它們會在哪五首詞裡？

今天國文老師似乎心情很好，上課時跟大家閒話家常。

「對了，以丞，上次上課忘了問你，星期天的生日會好玩嗎？」陳老師問。

「好玩啊！」以丞回答。

「老師，你沒去好可惜，我們還到泳池裡游泳呢！」采璘說。

「馬屁精。」宗元心裡偷罵。

「班上還有誰去呢？」老師問。一半以上的同學舉手。

「這麼多同學啊，那你一定拿到不少禮物。」

「是啊。喔，對了，謝謝老師的詞選。」以丞趕快補上後面那句話。

「馬屁精第二！」宗元又偷罵，以丞那天明明一臉很失望的樣子。

「那是你的第一本詞選嗎？」老師看以丞點點頭，又問其他同學，「你們以前都沒讀過詞嗎？」大家都搖搖頭。

「我小學二年級時，我父親送給我一本詞選，逼著我背詞，當時背得好痛苦啊。我記得第一首背的是歐陽修的〈蝶戀花〉，第一句的『庭院深深深幾許』，我就卡住了，一直深深深深不出來。」

全班聽完哄堂大笑，原來老師也有背不出詩詞的時候。

「老師！」采璘舉手，眼睛發亮，「我第一首會背的詞也是歐陽修的〈蝶戀花〉耶！」果然是馬屁精第一號。宗元心想。

大家紛紛加入話題，說起自己第一首會背的詩或詞，有人一開始就很會背，也有人背得很痛苦，宗元忍不住想起自己第一次背〈江雪〉的情況。

「儀萱呢？」老師看儀萱都沒講話，點她起來發言，「你之前很會背唐詩，對宋詞有興趣嗎？」

「沒有，我是最近才開始看的。〈虞美人〉是我第一首會背的詞。」儀萱說。

「沒有關係，誰都有第一次，只要努力一定可以背得滾瓜爛熟。」

「是啊！像柳宗元，自從會背〈江雪〉後，什麼詩都難不倒他。」儀萱對宗元眨了眨眼，又有意無意的加上一句：「以丞也是。他跟我一樣會背〈虞美人〉，而且現在背詞也很厲害了。」

儀萱說完偷瞄了以丞一眼，他表情鎮定，這幾天面對她也一副若無其事的樣子，實在很難想像他就是陰氣靈。儀萱不想點破，他要裝，她也可以裝！

「好了，我們繼續上課。」老師打斷大家聊天，翻著手中的詞選。「中秋節快到了，我們今天選一首應景的詞。蘇軾的〈水調歌頭〉。

「明月幾時有，把酒問青天。不知天上宮闕，今夕是何年？我欲乘風……」

宗元覺得，陳老師一定有什麼讓人無法集中注意力的法術，只要一開始上國文課，他不是神遊，就是想睡覺。

「我欲乘風歸去，又恐瓊樓玉宇，高處不勝寒。起舞弄清影，何似在人間……柳宗元！」老師兩隻眼睛氣呼呼的瞪著他，「你的生理時鐘是不是故意把睡覺時間調在國文課？你下次乾脆把牙刷帶來，睡前順便刷牙！」

班上同學笑得很開心，宗元困窘的站著，心裡覺得老師說的有理，不然每次打瞌睡起來老是覺得嘴巴臭臭的。

「你到底醒來了沒？有沒有聽到我講什麼？」老師伸手在宗元面前揮舞，如果可以的話，老師絕對會一掌揮過來。

「老師在講……」宗元努力回想，「中秋節快到了，然後老師在討論核四的問題。」

「什麼核四！」老師氣得雙手發抖，宗元把頭壓得低低的，覺得老師這掌一定聚集了畢生的功力，「是『何似在人間！』」

「核四在貢寮吧？」宗元說完，班上同學笑得更大聲。他不知所措的搔搔頭。

當然，宗元又被罰站了，而且今天回家要寫五十遍「何似在人間，核四在貢寮」。

「這首詞誰會背？」老師努力調勻呼吸，剛剛那一掌沒出手，只是用力的拍向桌子。宗元相信，那張桌子肯定筋脈齊斷。

老師滿臉期待的看著儀萱，不過采璘已經高舉雙手。「老師，我會背。」

「哦？」陳老師很開心，鼓勵采璘，「那你要不要上來把這首詞默寫出來？」

「好！」采璘踩著輕快的步伐，走上講臺。

明月幾時有，把酒問青天。不知天上宮闕，今夕是何年？我欲乘風歸去，又恐瓊樓玉宇，高處不勝寒。起舞弄清影，何似在人間。

轉朱閣，低綺户，照無眠。不應有恨，何事偏向別時圓？人有悲歡離合，月有陰晴圓缺，此事古難全。但願人長久，千里共嬋娟。

「老師，我有個建議。我以前唸的學校有背誦宋詞的比賽，為什麼學校沒有？我們可以來辦個類似的比賽。」采璘寫完之後說。沒人想到采璘會提出這樣的建議，全班發出嫌惡的嗡嗡聲。儀萱雖然沒有反對，不過她也沒有附和采璘，只是皺著眉頭。

「其實，我要告訴大家一個好消息，」老師眼中閃著光芒，大家聽到好消息，都期待的豎起耳朵。「在我的提議下，校長已經答應舉辦宋詞背誦比賽，本來我想給大家一個驚喜，既然采璘提出來，就順便向大家宣布。」

這算什麼好消息嘛！大家豎起的耳朵馬上又垂下去。如果翻白眼有聲音的話，教室裡一定吵翻天。

「這場比賽採自由報名的方式，為了鼓勵大家參與，只要報名參加，不管成績如何，期中考的國文分數可以加五分。這次期中考的國文內容以宋詞為主，所以想要取得好成績的同學，這是個很好的機會。」

哇，這招高明！用期中考加分來吸引大家參加。這會兒，底下的嗡嗡聲已經不是抱怨，而是帶著某種期待了。

宗元轉頭看向儀萱，以為儀萱會兩眼發光、躍躍欲試的樣子，可是她只是默默的坐著，臉上表情深不可測。

「你會參加比賽吧？」下課時間，宗元跑來問儀萱。

「我還沒決定。」儀萱淡淡的說，跟她平常的樣子很不一樣。

「怎麼了？你不是最愛這種比賽的嗎？而且這次你肯定會贏，你是詞靈耶！」宗元拍了一下她的肩膀，想要激勵她。

「我是詞靈，背誦詞句對我來說輕而易舉，可是，比賽就是充滿挑戰，不知道鹿死誰手才刺激，也才有意義。還沒比就知道結果，又有什麼意思？」儀萱說，「我喜歡的是在準備比賽的過程中鞭策自己的感覺，現在所有的詞句都在腦海裡了，對其他人一點也不公平。」

「也對……」宗元沒想到儀萱會這樣說，以為她只是單純想贏，沒想到儀萱更享受比賽的過程。

「其實你也不一定會贏。」宗元想了想之後說。

「怎麼說？」

「別忘了，以丞是陰氣靈，他也是詞靈的一部分。如果你們一起參加比賽的話，很難講誰輸誰贏吧！」

宗元的話激起儀萱的好勝心，沒錯，還有陰氣靈呢！

「好，如果以丞報名，那我也報名。」

第一首會背的詩或詞。

課堂上的討論，給了它一個靈感。〈虞美人〉是儀萱會背的第一首詞，雖然當時她還沒恢復詞靈的記憶，但是這首詞一定跟她有某種連結。

它坐在書桌前，把這首詞翻出來看。

春花秋月何時了，往事知多少。小樓昨夜又東風，故國不堪回首月明中。

雕闌玉砌應猶在，只是朱顏改。問君能有幾多愁，恰似一江春水向東流。

這首詞有水這個字，它不相信正氣靈會這麼簡單的拿「水」字當水靈物，不過它不敢大意，得進去確認。

眼前出現樓臺，李煜倚著欄杆，對著月亮嘆氣。它沒有現身，只是悄悄躲在暗處，感受李煜每一個嘆息後面的憂愁憤慨之氣，這些正是陰氣靈的養分來源。

它來到樓臺後方的江邊，雙手掬起一瓢水，江水的能量緩緩注入它的體內。

不是，不是這股力量。它早有預期，只是又會是什麼？難道它的猜測是錯的？

一江春水向東流。載滿了愁緒的水，向東流去。

難道是東字？它心裡一動。五行也跟方位相關，在五行中東方屬木。

它順著江水往東走，江水滔滔，彷彿沒有盡頭。它走了好一會兒，繞過一個淺灘後發現一片林子，每一棵樹木筆直入天，枝葉茂密，鳥棲獸息，充滿生命力。

五行相生相剋，水生木，江水載著許多愁思，可是流到這裡後，這裡的樹林吸取江水，將愁思的能量轉換成堅韌的生命，長成一棵棵的大樹。

它深吸一口氣，雙手向前，感受這些林木的力量。

沒錯！它找到木靈物了。這股力量往它的右下腹鑽去，肝屬木，現在這個力量存在它的肝臟裡了。

儀萱從睡夢中驚醒，她感到右下腹一陣劇痛，來得快去得也快。陰氣靈拿到木靈物了！

她傳簡訊給宗元。

「你睡了嗎？
我有事跟你說。」

沒有回應。看來他睡了。儀萱正準備熄燈，手機傳來兩聲短促的嘟嘟聲。

「剛睡著，又被你吵醒了。」

後面補上一個睡眼惺忪的表情符號。

「對不起啦……」

「什麼事啊？」

「陰氣靈找到一個靈物了。」

「真的？那怎麼辦？」

「我得趕快找到其他四樣靈物。」

「它找到什麼？」

「一片林子。」

「你找到溪水，然後想用金鳥籠引以丞進去，現在它找到樹林……」

「你在想什麼？」

「有水、金、木……你們用的是五行的物質嗎？」

「還真給你猜對了:)」

「開玩笑，我也是有特殊能力的好嗎？
所以是在哪首詞裡？」

「〈虞美人〉。」

「李煜的〈虞美人〉？
恰似一江春水向東流嗎？
那應該是水，不是木啊。」

「五行也代表五個方向，木在東方。
我在江水之東暗藏一片林子，
想不到被它發現了。」

「原來如此，我怎麼也猜不到。」

「你要小心，

不要讓以丞知道你知道五行的事。」

「不會的，他又能對我怎樣，

而且我只猜出五行，

又不知道是哪幾首詞。」

「還是小心一點比較好。」

「透露一點嘛！」

「……」

「講啦！
我不會洩露的。」

「……」

「好吧，我不勉強你，
你有你的顧慮，
但你放心，我會保護你的。」

「……」

「?
我是說真的！」

「……」

「喂！你生氣啦？」

「沒有。」

「那你幹嘛已讀不回！」

「沒事，只是想起一個人。」

「誰啊？」

「沒事啦，問題真多！」

「喂，是你先吵我睡覺，然後什麼話都講一半！」

「你還是乖乖回去睡覺吧！大詩人！」

「好啦，那我去睡了，晚安。」

「晚安。」

儀萱再回了一個月亮的貼圖，把手機關上。

半夜一點了，儀萱卻睜著眼睛睡不著。從十一樓的窗戶望出去，家家戶戶的燈火在城市中形成光海，就像元宵節裡，各種裝飾精緻的花燈，琳琅滿目的點綴著街景，繁華亮眼。

那晚，詞靈跟著街上的女孩們，乘著馬車賞燈，享受著歡樂熱鬧的元宵慶典。一個頭上戴著蛾形金釵的女孩引起詞靈的注意，她生著一張鵝蛋臉，細長的眼睛帶著笑意，說起話來輕輕的，舉手投足也輕輕的，彷彿是足不著地的仙女。

她說自己因爲特別喜歡蛾型的頭飾，所以小名叫娥兒，在一群女孩中，她和詞靈總是有談不完的話，就像儀萱跟宗元一樣。

娥兒知道她跟陰氣靈之間的爭鬥，一直擔心的問她該如何解決，詞靈不想把娥兒拖下水，堅持不肯說出計劃。娥兒當時就像宗元那樣，拉著她的衣袖，央求她多透露一點。

「好吧，那我也不勉強你了，但你要記得，我們是好朋友，我一直都在。」娥兒輕聲的說。

「今天校長會利用國文課的時間到每個班級宣布宋詞背誦比賽的事情。」老師看了一下手錶，「再五分鐘校長就會來我們班，你們保持安靜，桌上的東西收好。」

王校長是國學博士，向來認眞推動古典文學，類似這樣的活動，他都堅持要親自跟學生們宣布，大家也很喜歡他，一聽到他要來，整間教室立刻鬧哄哄的。

「十八你要報名嗎？」胖胖的周彥君問另一個男同學。那個男同學名叫羅翰瑋，大家一開始叫他十八羅漢，後來就簡稱十八。

「當然要啊，報名有加分耶！得名的話一定加更多分。」羅翰瑋說。

「原來你是要加分才報名！」周彥君笑他。

「當然啊，不然誰要背詞啊！」

「你要參加比賽嗎？」林品達也問儀萱。

「我還不確定。你呢？」儀萱看了以丞一眼，以丞剛好也看向她，對她微微一笑。儀萱只是皺著眉頭，沒有回應。

「我媽媽是國文老師，她一定會叫我參加，而且逼我得名。」林品達上次在班內比賽輸給儀萱，他自己並不在意，可是家人老是給他壓力，要他繼續努力背詩。

「你不參加嗎？這樣我會贏得太容易喔。」采璘帶著嘲笑的口吻，讓人聽了很不舒服。

「那你呢？」宗元問采璘旁邊的以丞，「你現在很會背詞，幾次小考成績都拿滿分，應該也會參加比賽吧？」

以丞還沒回答，陳老師拍手兩下，示意大家安靜。這時，校長走了進來。

「大家好，」瘦瘦高高的校長站上講臺，頭都快要頂到天花板了，「你們應該都聽說了，我想舉辦一場宋詞欣賞賽。這是學校第一次舉辦這樣的比賽，時間上比較倉促，所以不會另外舉辦班級選拔賽，有興趣的同學可以直接報名。

「這次的宋詞欣賞賽跟以往的唐詩背誦比賽不同，因為考慮到有些同學不擅長背誦，希望他們也有機會一展所長，所以這次的比賽，除了背誦的部分外，又加了一項宋詞意境繪畫比賽。想報名的同學，可以自行決定報哪一組，覺得自己背誦很強的，可以報名『宋詞欣賞賽：背誦組』；覺得自己感悟力高，擅於用繪畫表達的，則報名『宋詞欣賞賽：繪畫組』。」

居然增加了繪畫的項目，這可是新鮮事，班上同學你一言我一語的討論起來。

「好了，大家安靜！」陳老師又拍手兩下，「這主意眞不錯。我也是跟大家一樣，今天才聽到這個消息。老師覺得這樣的安排很好，可以讓更多喜歡詩詞的人一起參與。」

「校長，」周彥君舉手，「老師之前說，只要報名，期中考的國文分數可以加五分，如果我兩組都報名，是不是可以加十分？」

大家對這個問題很感興趣，馬上安靜下來，看著校長。

「舉辦比賽是爲了培養大家對宋詞的興趣，加分只是一種鼓勵，並不是最終目的，也不是用來討價還價的……」校長義正詞嚴的說，一雙銳利的眼光掃向全班，大家不好意思的低下頭。

「不過，」校長故意頓了一下，「如果兩組都報名的話，總分可以加八分！」

「耶！」、「校長最好了！」底下的歡呼聲此起彼落，看起來不少人想要爭取加分，只有陳老師扶扶眼鏡，不以爲然的樣子。

接下來校長宣布兩組比賽的日期、方式，並且把報名的表格發給大家。

儀萱拿著手上的表格，抬頭看見以丞望著她，眼神中似乎藏著不少情緒。

儀萱知道，現在他們各拿到一個靈物，接下來少不了一番爭鬥。以丞在自己的生日會已經出手過一次了，下次會是什麼時候？或許就像宗元說的，他會趁宋詞欣賞賽動手。

儀萱覺得有必要跟以丞談談，看他到底想怎麼樣，就算競爭也得要公平。

儀萱下定決心，走到以丞的座位旁邊，壓低聲音對他說：「放學後到舊操場，我有事跟你說。」

她說完就回到座位，不理會采璘看著她的狐疑眼神。

6

舊操場位於學校後方，現在被圍起來變成一片工地，準備蓋新教室。這裡放學後少有人煙，儀萱刻意選在這個地點，除了比較隱蔽外，也擔心要是陰氣靈忽然發動攻擊，至少不會傷及無辜。

儀萱到的時候，以丞已經在那裡了，他看到儀萱之後快步走上前來。儀萱警戒的看著他。

「好巧，我也有事跟你說。」他的語氣高亢，儀萱不懂他在高興什麼。

「好，那你先說。」儀萱口氣平淡。

「我……我是想說……」以丞忽然結巴起來，「你要不要參加宋詞欣賞賽？」

儀萱皺眉，不知道他在搞什麼鬼。

「我是想說，如果你要參加比賽，我就不參加，因爲我……我希望你贏！」

陰氣靈不參加比賽？因爲它知道自己熟知宋詞，勝之不武？她才不相信陰氣靈有這樣的情操！更何況它還希望儀萱贏？這中間一定有鬼，陰氣靈不曉得在盤算什麼。

「我不知道你在說什麼，或者想幹什麼。」儀萱沉著聲，直接點破，「我已經知道你是陰氣靈，而且拿到木靈物了。」

「什麼冰淇淋？」以丞皺著眉，一臉無辜，「你在說什麼？」

儀萱一聽就有氣，都什麼時候了，還裝！

「這裡沒有別人，我們心照不宣，你不用繼續演下去了。」

「我……」以丞忽然語氣一轉，臉上表情猙獰，「是，沒錯，我就是陰氣靈，你想拿我怎麼樣？你的法力還沒恢復，贏不了我的！」

想不到他變臉這麼快，還好剛才沒有被他無辜的表情騙過去。

「其他四個靈物在哪裡？你最好乖乖告訴我，不然我鐵定給你好看！」他惡狠狠的說。

只是，以丞猙獰的表情沒有持續多久，又回復成迷惘的樣子，好像不知道自己爲什麼會在這裡。然後沒多久又抬起頭，怒氣沖沖的瞪著儀萱。

儀萱努力運氣，全神貫注盯著以丞。這時，以丞忽然朝著儀萱奔來，舉起右手，掌心對著她。

來了！儀萱做好準備，運起僅有的法力，想迎擊以丞的攻勢，沒想到以丞的那一掌虛軟無力，她的手還沒碰上以丞，手上的內力已經把以丞震出去，只聽見他「啊」的一聲倒向旁邊，撞到堆在地上的磚頭，失去知覺。

儀萱嚇壞了，正要跑過去看他，旁邊卻先衝出來一個人。

「以丞！」是采璘！她跑到以丞旁邊，厭惡的看著儀萱，「我就知道你鬼鬼祟祟約他來這裡沒好事，還好我通知老師了。校長、老師，他們在這裡！」

采璘扯開喉嚨大喊。

校長先跑了過來，後方的陳老師踩著高跟鞋，歪歪扭扭的走過一些鋼條、木頭，也趕到現場，在他們後面還有幾個同學探頭探腦的在看熱鬧。

「哎呀，怎麼會這樣？」陳老師臉色蒼白的大喊。

「快！先叫救護車，然後通知家長。其他的同學趕快回家。」校長神色凝重，但是態度沉著。陳老師看起來嚇壞了，雙手顫抖的撥打手機求救。

「老師、校長，以丞最近變得很會背詞，儀萱害怕他參加比賽，搶了她的風采，所以找以丞來談判，現在還害以丞受傷！」采璘振振有詞的說。

「我……我不是故意要傷害他的，我只是……」儀萱想辯駁，可是又不知道怎麼解釋。她該如何跟他們說詞靈、陰氣靈、正氣靈，還有五行靈物這些事？她肯定會被關進精神病院裡！

「你不用撒謊了。我雖然來得晚，可是我有看到你推他！」采璘大聲控訴，校長眼神銳利的看向儀萱。這時候救護車到了，大家讓開一條路，讓救護人員把昏迷的以丞放到擔架上，儀萱看到他腦後一片血跡，嚇得全身一顫。

「好了，以丞不會有事的。陳老師，請你帶儀萱跟采璘回教室問清楚狀況，我得跟著救護車到醫院，有事保持聯絡。」校長說。

儀萱居然約以丞談判！它沒想到她這麼大膽，她的法力還沒有完全恢復，能做什麼？但是儀萱一跟以丞對話，就會知道以丞不是陰氣靈，那它之前佈的局就白費了。尤其是上次在柳永的〈甘草子〉複製假以丞的形體，消耗它許多法力，它得想辦法讓儀萱誤會下去。

只氣它大部分的法力都被正氣靈的冰凝珠封住了，不然要控制一個人的言行，讓以丞講出它想讓他講的話一點都不難。不管了，能做多少算多少，而且，呵，運氣好的話，說不定還可以讓儀萱陷入麻煩。

儀萱知道自己惹上大麻煩了！

陰氣靈不知道怎麼濫用形體的精力，讓以丞變得這麼衰弱，不堪一擊。她原本以爲，以陰氣靈現有的法力，自己至少可以和它打個平手。她在舊操場出手，基本上只想自衛，沒想到以丞不僅被她的內力震倒，還撞得頭破血流。雖然整件事不完全是她的錯，但是也是因爲她處理不當才害得一個無辜的少年無端被捲入，躺在醫院裡昏迷不醒。

姑且不說以丞被她的法力所傷，兩個國中生私自約在學校禁止進入的工地，導致其中一人重傷住院，儀萱就沒辦法從這件事中脫身。校長可能會打電話報警，如果以丞傷重不治的話，她更會因此揹上過失殺人的罪名，而且會良心不安一輩子！

儀萱愈想愈害怕，默默跟在采璘跟陳老師後面回到教室。

老師讓她們坐下，自己也拿張椅子坐到兩人面前。她臉色凝重，圓框鏡片後的眼神顯得疲倦無神、光彩盡失。陳老師在講臺上教課時向來神采奕奕，辦唐詩背誦活動熱心奔走，罵起上課睡覺的同學更是中氣十足，儀萱還是第一次看到老師這麼驚慌失措，看來，以丞的事嚇壞她了。

陳老師看著她們，像是失神了一般，過了好長一段時間才嘆口氣問道：「好吧，你們來說說看到底發生了什麼事？」

「老師，」采璘首先發話，「以丞最近很會背詞，儀萱嫉妒他，想對他不利。我聽見儀萱約以丞放學後到舊操場見面，當時我看她臉色怪怪的，就覺得不妙，我叫以丞不要去，他不聽，還說我發神經。我愈想愈不對，所以才通知校長跟老師，後來發生的事你們也看到了，以丞傷得這麼嚴重，都是她害的！」

「我沒有。我沒有嫉妒他會背詞，我是因爲……」儀萱說不下去，她該怎麼解釋以丞是陰氣靈的事？

「還說沒有！我鼓勵以丞參加比賽，可是他卻支支吾吾，說什麼要先跟你討論，他要不要參加比賽幹嘛要跟你討論？一定是你恐嚇他，他才不敢參加比賽！」

「我不知道這件事！」儀萱說。她眞的沒聽過以丞提過，今天他也說一些什麼「你參加比賽我就不參加」、「我希望你贏」之類奇怪的話，不知道在搞什麼鬼。

「那你約他去舊操場幹嘛？」采璘冷笑。

「我……」

「好了，」陳老師忽然打斷他們的對話，看了看手機說：「今天太晚了，你們先回去吧。」

儀萱驚訝的看著陳老師，她還以為自己會面對一堆嚴厲的質問。

「老師，可是儀萱她……」采璘抗議。

「今天先這樣。」老師站起來打斷她，「校長要我去醫院看以丞。」

從早上開始，教室裡的氣氛就怪怪的，以丞的座位是空的，他旁邊的采璘也沒來，大家竊竊私語，可是儀萱什麼也沒聽到，只要她走過的地方，大家便自動往兩邊讓開，好像她身上有什麼傳染病。

下午國文課，校長跟老師一起進來。

「我想，大家都聽說了，」校長清清喉嚨，「以丞同學現在受傷住院，今早我得到醫院的消息，他還是在昏迷中，不過已經度過危險期了。」

大家鬆了一口氣，尤其是儀萱。

「我們可以去看他嗎？」林品達問。

「暫時還不行。不過你們可以寫卡片幫他打氣。我會把這些卡片收集起來，等他醒來就可以看。」

「校長，以丞爲什麼受傷?是不是有人故意害他?」周彥君舉手問，儀萱感覺她瞄了自己一眼，「采璘是不是也受傷了，所以沒來上課?」

「以丞的事我們還在調查。至於采璘只是剛好生病在家休息，大家不要隨便猜測，」校長嚴肅的說，「謠言止於智者，如果讓我知道有誰散播謠言，我會重罰。」

「有人說，宋詞欣賞賽會因此取消，眞的嗎?」一個女同學問。

「我剛剛是怎麼說的?」校長眼神銳利看著她，「學校沒有發布的消息，不要隨便編故事，宋詞欣賞賽沒有取消，大家不要散播謠言。」校長嚴正聲明。

然而，這番話並沒有讓大家安心，謠言愈傳愈離譜。

「有人說，你之所以沒被警察抓走，是因為你給老師跟校長好處。」

「太誇張了吧!」

現在除了宗元，沒人敢靠近儀萱。不過宗元為了接近同學、探聽消息，在學校也故意跟儀萱疏遠，只用簡訊跟儀萱聯絡。

儀萱皺著眉頭，她向來不容易被影響，即使是像上臺比賽之類的活動，雖然不免緊張，總能全心專注去面對。可是這次以丞受傷住院，遭受同學排擠，讓她特別灰心。

「你找以丞單挑，

幹嘛不跟我說一聲？

我可以跟你一起去啊！」

「我哪是去找他單挑！

而且找你去的話就不叫單挑了！」

「那你找他幹嘛？」

「我想和他把話講清楚。」

「拜託，這種人可以講道理，

我當初也不用費那麼大力氣幫詩魂找魂氣，

還跟龍兮行周旋了。

現在以丞昏迷不醒，陰氣靈呢？

還在他的身體裡嗎？」

「我不確定，正氣靈的意思是，

它有可能去找別的形體。」

「為什麼？

陰氣靈進出詞境的能力跟形體無關啊，

反正形體也還是在這個世界，不是嗎？」

「老師來了，下課再說。」

儀萱匆匆收起手機，學校規定上課不能用手機。

放學後，兩人一前一後走到學校附近一個小公園，看四下沒有熟悉的身影才碰頭。

「你剛剛說，陰氣靈離開以丞了？以丞現在昏迷不醒，它不是更方便進出詞境？」宗元繼續剛才的問題。

「我沒說陰氣靈離開以丞的形體，只是說『可能』。而且事情不是這樣的，不然的話，它幹嘛要依附在形體上，不自己出入詞境就好。事實是，人類的形體，雖然不具備仙靈的法力，依然有自己的能力、心性，跟意志。雖然正氣靈進入詞境時，我的形體在這裡，但是還是按照著我的心智決定進出詞境的。如果形體衰弱、生病，甚至死亡，只要喪失意志，不管是正氣靈還是陰氣靈，都不能自由進出詞境。」

「所以現在怎麼辦？」宗元問。

「我們要去醫院一趟。」儀萱說。

「可是校長說，以丞還不能會客。」宗元擔心的說。

「我一定要去。會有辦法的。」儀萱眼神堅決。宗元點點頭，只要儀萱要做的事，沒人可以阻擋，而他也願意相陪。

抵達醫院後，宗元立刻見識到儀萱的法力。他們在詢問處問到以丞的房間，不過也被告知訪客時間已過，所以不能進去。這時，儀萱不知道施了什麼法，讓一個經過他們身旁的醫生對詢問處的護士說他們是他的朋友，可以跟他一起進去。宗元驚訝的睜大眼睛看著儀萱，儀萱只是俏皮的眨眨眼。

來到以丞的房間時，儀萱輕輕拍了一下那位醫生，醫生看了他們一眼，好像不知道自己爲什麼來到這裡，摸了摸臉頰，對他們點頭傻笑便往走廊走去。

他們推開門，病房裡沒有其他人，以丞一個人躺在病床上，手上吊著點滴，頭上纏著紗布，本來壯碩結實的他，現在看起來蒼白無助。

「以丞。」儀萱輕輕喚他，不過當然沒有回應。

「陰氣靈在嗎？」宗元輕聲問。

儀萱沒有回答，表情凝重，彷彿躺在床上的是一隻大獅子。宗元看著她，心裡也感受到那份緊張。

儀萱伸出右手，手掌對著以丞的眉心，懸空在上方畫一個圓。

「你在幹嘛？」宗元忍不住又問。儀萱皺著眉頭，沒有說話。

「他不是陰氣靈。」過了好一會兒，儀萱才開口。

「什麼？怎麼可能！」宗元驚訝的睜大眼睛。

「他體內殘留著一些陰氣靈的力量，可是他不是陰氣靈。」儀萱把手收回，坐在床邊的小沙發上，陷入沉思。

「你不是說他在〈甘草子〉裡出現，還在舊操場承認自己取得木靈物，對你出手？」

儀萱一臉疲憊，長長呼出一口氣。「剛剛你不是看到一個醫生跟別人說他認識我們，幫助我們進來病房？那是因爲我對他施了一點法力，他的心智被我控制，才會做出那些舉動。」

「所以，以丞也是被陰氣靈控制？你跟陰氣靈都可以隨意控制人的思考跟行動？」宗元覺得毛骨悚然。

「沒有你說的那麼簡單，」儀萱笑了笑，「我跟陰氣靈的法力都被對方削減了一大半，能夠施的法力很微弱，也很短暫。陰氣靈找到機會接近以丞，取得他部分的精氣，冒充他的形象出現在〈甘草子〉，但是那不是眞的以丞。同樣的，它也在舊操場控制以丞的言行，這就解釋了爲什麼那時候以丞的表情，一下猙獰，一下迷惑，還有爲什麼那一擊這麼弱。陰氣靈故意讓他表現出要出手的樣子，就是要引我攻擊他，讓大家以爲是我害他的。」

「那到底誰是陰氣靈？它爲什麼要這麼做？」宗元問。

「我也在想會是誰。」儀萱搖搖頭，「它這麼做，是要削弱儀萱的心智，讓她變得衰弱、焦慮、害怕，這樣我的力量也會受影響。」

現在講話的是正氣靈。宗元困惑的看著儀萱。

「你放心，我沒有控制儀萱，儀萱一直知道我的想法跟計劃，我們共存，但是不會互相控制。」儀萱神情自然的說，沒有疑惑或不滿的神情。「但是陰氣靈可不會這麼溫馴，它會霸占形體，控制形體的一言一行，如果形體跟它的想法不一樣時，便會壓制形體的心智，這也會削弱形體的力量。所以我們除了要儘快找到另外四樣靈物，也要找出誰是陰氣靈，不然那個形體一直被它濫用下去，恐怕會有生命危險。」

現在不僅以丞重傷在床，就連其他同學也有危險，讓宗元覺得很不安，詞靈的確要儘快完成任務，不然受到牽連的人會愈來愈多。

7

雖然說學校裡的流言傳得很離譜，儀萱當然沒給校長老師什麼好處，但是她也覺得奇怪，那天舊操場事件後，爲什麼沒有人再來審問她，或是有任何懲處。好像所有人忘了這件事一樣。

儀萱在國文課上心不在焉的亂想，突然感到口袋微微的震動。她伸手拿出手機，在桌子底下偷看。

「這幾天我在幫你找宋詞。」

「喔。」

「有沒有試過李煜的〈菩薩蠻〉？
裡面有金縷鞋。」

「去過了，不是。」

「岳飛的〈滿江紅〉呢？
裡面有土。」

「不是那首。」

「進去過？」

「我知道不是那首。」

「沒試過怎麼知道不是？」

宗元窮追不捨，儀萱懶得理他，岔開話題。

「最近還有沒有別的消息？」

「對了，我剛剛聽十八跟周彥君說，

有人交給校長一支手機，

據說裡面拍到以丞受傷的經過，」

「真的？」

儀萱看到這消息，整個人緊張起來。

「應該沒錯，

校長是十八羅漢的舅舅，你知道吧？」

儀萱很焦慮，她跟以丞的對話有被錄下來嗎？他們講到陰氣靈、靈物、法力，這些對話要是傳出去，她一定會被當成神經病關起來。

「上課不能用手機，你明知故犯，把手機傳上來！」陳老師低吼。儀萱本來就心神不寧，一聽更是嚇得抬起頭，卻發現老師說的是宗元。

宗元趕快把手機關機，交給他前面的同學。他的位置很後面，想不到老師的眼神這麼利，不過還好老師只發現他上課用手機，沒抓到儀萱。他前面的同學幸災樂禍的把手機往前傳，居然有同學拿到手機後想打開來看，還好他的手機一向有設密碼。當然陳老師也吼了那個人。

「放學後來跟我拿。」老師再度瞪了宗元一眼才繼續上課。

手機上鎖？它冷笑一聲。這種密碼防得了普通人，防不了它。在使用者打字輸入的同時，他想傳達的思緒也附在手機上。這樣的精氣很少，但是足夠讓它在碰觸手機的同時「看到」裡面的內容。

有人拍到以丞受傷的經過？這件事倒是出乎意料。不知道被拍到多少？得要查清楚。

不過，讓它更感興趣的是，宗元似乎知道不少內情，原來幫詩魂找回魂氣的那個傢伙就是他，現在還想幫儀萱尋找靈物。他在簡訊中提的兩首詞，其中〈菩薩蠻〉儀萱去過，確定不是；可是那首〈滿江紅〉，她連去都沒去過，卻肯定說不是。爲什麼？這很耐人尋味。

唯一的解釋就是，儀萱自己用了〈滿江紅〉這首詞。

這絕對值得一試。

怒髮衝冠，憑闌處，瀟瀟雨歇。抬望眼，仰天長嘯，壯懷激烈。三十功名塵與土，八千里路雲和月。莫等閒、白了少年頭，空悲切。

靖康恥，猶未雪；臣子恨，何時滅？駕長車踏破，賀蘭山缺。壯志飢餐胡虜肉，笑談渴飲匈奴血。待從頭，收拾舊山河，朝天闕。

它來到詞境裡，這裡天氣陰暗，雲層低厚，風聲颯颯，雨滴點點落下。在亭閣裡，岳飛倚著欄杆，滿臉心事。

這時，雨勢稍停，岳飛抬起頭，嘆一口氣，對著天空長嘯一聲。它在一旁，可以感受到岳飛心中的痛苦，可以想像他的帽冠裡的頭髮因怒氣豎起的無奈。他想起欽宗、徽宗兩個皇帝被金人抓去當俘虜的恥辱，這樣的仇不知道何時能報，心中的恨更是不能稍減。這股恨意，這股惆悵，讓它忍不住用力享受。

它也看到岳飛期待的願景：他在沙場上領軍，駕著一列列的軍車，氣勢如虹，衝破敵人在賀蘭山的缺口，直搗金人巢穴，打一場痛痛快快的勝仗。在慶功的酒宴上，豪邁的拿胡人的肉來佐飯，談笑間拿他們的血當酒飲，一切從頭開始，收拾舊日山河的大好時光，光榮無愧的向京城朝拜。

不過這些與它無關。它只對岳飛悲憤沉痛的情緒感興趣，這些是使它壯大的養分。當然，還有五行的靈物。

「三十功名塵與土」。土靈物很可能藏在這首詞裡。

它看看四周，剛下過雨，地上的土都變成泥了。不過泥土也是土，它蹲下身子，深吸一口氣，同時運氣伸出雙手，手掌向下對著土地。

不對，不是這裡的土。它皺起眉頭，再次思索這首詞裡的句子。

「三十功名塵與土，八千里路雲和月」，講的是岳飛看待官場上的功名富貴，就像塵土一般微不足道。

那什麼才是岳飛重視的？打敗金人，恢復國土。

它再細想岳飛的願景。賀蘭山下，軍車浩浩蕩蕩，皇旗迎風展開，馬蹄奔馳在黃土飛揚的沙場上，土靈物肯定在那裡！

它先到辛棄疾的〈永遇樂〉裡，拿了一套金戈鐵馬，換上軍服，然後悄悄的跟在千軍萬馬後面。大軍前行來到賀蘭山山口，岳飛一聲令下，士兵們豪情萬千，士氣大盛，鼓聲吶喊聲響透雲霄，他們策馬向前，揚起一陣塵土。

它勒馬在後，看著這片宛如濃霧的塵土，心中大喜，知道自己找對了。它伸出手，感受那份能量，沒錯，它拿到土靈物了！

儀萱感到一陣胃痛。脾胃屬土，她知道陰氣靈找到土靈物了。陰氣靈已經找到兩個靈物，而她只找到一個。儀萱焦躁的在房間走來走去。不行，一定要靜下心來。

儀萱強迫自己坐在地上，緩緩的吸吐，讓正氣在全身運行。這事不能急，急也沒用。

她忽然想去看看娥兒，娥兒個性淡然從容，講話輕聲細語，一派自在輕鬆的樣子，跟她在一起總是讓人覺得安心。只是，現在她在儀萱的形體內，不知道娥兒能不能認出她？這是她一直沒回去看娥兒的原因之一，另外，她也不想讓娥兒擔心。

但是儀萱很想見見娥兒。她拿出詞選，正氣靈沒有反對，唸出辛棄疾的〈青玉案．元夕〉。

東風夜放花千樹，更吹落，星如雨。寶馬雕車香滿路。鳳簫聲動，玉壺光轉，一夜魚龍舞。

蛾兒雪柳黃金縷，笑語盈盈暗香去。眾裡尋他千百度，驀然回首，那人卻在，燈火闌珊處。

一陣風拂面而過，她睜開眼睛，只見熱鬧的街道上，到處點綴著閃亮美麗的元宵花燈。好像春風吹過，樹上的繁花一夜之間盛開一般。

「你們看！」一群女孩們尖聲呼叫，只聽見爆竹聲響，儀萱抬頭一看，五彩斑斕的煙火在天空中綻開，點點星火像雨點般落下，街道上的遊人連聲讚嘆。

儀萱坐上馬車遊街，她在正氣靈的記憶中曾多次回味這幅景象，卻是她第一次親身來到這首詞的詞境，感覺特別新鮮。

四周傳來鳳簫樂曲，她看見玉壺[1]光影流轉，魚龍燈火到處舞動，街道上人聲鼎沸，打扮嬌豔的女孩們在人群中穿梭，笑語盈盈。

儀萱到處張望，沒看見娥兒的身影，卻聞到一股熟悉的香味飄過，儀萱趕緊跳下馬車，循著香味而去。只是這股味道飄忽，時有時無，儀萱慢慢離開人群，往暗處走去。

儀萱努力找尋娥兒的身影，在昏暗的天色中，有幾次看到相似的背影，對方一回頭，才發現自己認錯人。

「眾裡尋他千百度」，儀萱知道，要找娥兒沒那麼容易。

可是她繞了好久，從正氣靈的記憶中，她知道不對勁，她完全聞不到香氣了。這是怎麼回事？怎麼到處都找不到人？她愈心急，距離城區愈遠，四周也就愈暗。這天是元宵，正月十五，月亮正是明亮的時候，再怎麼走，她也不可能走到完全黑暗的地方去，看來這首詞的詞境已經被陰氣靈破壞了，她愈想愈心驚。

儀萱覺得筋疲力盡，她知道今天找不到娥兒，決定先回去，日後再來想辦法。

注 1：這裡直譯爲玉石做的壺，但也有人認爲是以玉壺借指月亮或燈。

8

「校長不肯跟我說手機的內容。」宗元說。他們在學校儘量不碰面、不講話，下課後約在小公園，再一起走路回家。

「我也是這樣想。」儀萱默默走著，一點也不驚訝。

「不過，我不死心，跑去問羅翰偉，想知道是誰拍的。」

「他怎麼說？」儀萱感激的看著他。

「他說校長也不跟他說，只知道是個男同學，還有，他看到他舅舅手上拿著一支裝了紅色黑框保護殼的手機，他確定不是他舅舅的，但也不知道是誰的。」

班上一半以上的人有手機，儀萱沒有印象誰的手機保護殼是紅色黑框的。

「我們要找到那個手機的主人，還得查清楚他有沒有聽到什麼，看到什麼。」

「找到的話你要怎麼辦？」宗元看著儀萱。

「放心，我不會殺人滅口的。不過陰氣靈難保不會。」儀萱瞇起眼睛，「這個同學當時也在舊操場，他或許也看到了陰氣靈。」

「說不定，他就是陰氣靈？」宗元提出假設。

儀萱想了想，搖搖頭。「不可能，已經有很多人看到我把以丞擊倒，陰氣靈實在不需要多此一舉。」

「說不定它就是故意拍下來，罪證確鑿，讓你逃不掉。」宗元不肯放棄自己的假設。

「那就更不對了。如果是你說的這樣，我現在應該已經被警察抓起來了。我要找到那個手機的主人，我很好奇他拍到什麼。」儀萱頓了頓，「而且，我們要比陰氣靈更早一步找到他。」

儀萱考慮再三，還是沒把娥兒的事情告訴宗元，她不想把宗元牽扯進來。宗元已經幫她很多忙了，詞境的事，還是要她自己解決。

她再度進去辛棄疾的〈青玉案〉：

東風夜放花千樹，更吹落，星如雨。寶馬雕車香滿路。鳳簫聲動，玉壺光轉，一夜魚龍舞。
蛾兒雪柳黃金縷，笑語盈盈暗香去。眾裡尋他千百度，驀然回首，那人卻在，燈火闌珊處。

剛開始，她沒有乘上馬車，怕馬車跑太快，錯失找人的機會，可是儀萱在城裡到處遊走，卻一直沒遇見那個熟悉的香味，看來得先上馬車才行。

車伕謹慎的駕著馬車，儀萱隔著珠簾向外望，想尋找那個熟悉的背影。這時，一輛華麗貴氣的馬車跟他們交錯，本來儀萱沒特別注意，等那輛馬車過去了，她才發現那股淡淡的香氣。

「停，讓我下車！」儀萱大喊。她怕馬車的行蹤太招搖，不利於跟蹤，連忙跳下車，運氣拔足，往那輛馬車追去。

前面的馬車鑲著寶石，塗著金漆，在花燈煙火的映照下，顯得更加富麗貴氣，不知道是哪個高官富商家的。馬車在城裡行駛的速度不快，儀萱可以快步跟上，但馬車繞了幾條街後，便往燈火稀少的郊區開去。

馬車的速度愈來愈快，儀萱追趕得很辛苦，可是那股香味令她不肯放棄，全身運氣直追。轉眼間她來到一條郊外道路上，藉著天上的明月，儀萱看到兩旁除了高大的柳樹外，沒有任何人家。這時，馬車忽然停住，儀萱也停下腳步，躲在一棵樹後面。

儀萱看到有人打開車門、跳下馬車，藉著月光，她看到這個人朝自己走來。

此人的腳步聲沉重，絕對不是娥兒。儀萱心想。正當儀萱考慮是否要離開詞境，這個人開口了。

「我知道你在樹後，你是誰？爲何跟蹤在下？」那是一個年輕男子的聲音。

儀萱正猶豫要不要答話，男子又開口：「你在找娥兒嗎？」

儀萱一驚，忍不住現身。眼前是個身材瘦高的男子，跟她年紀差不多，皮膚白淨，長相中等，鼻子有點扁，不過態度謙和，講話時眼神專注誠懇，讓儀萱一開始就有幾分好感。

「是的，我在找她。你是誰？」儀萱問。

「我姓曹，單名澧。」曹澧停了一下，「請問姑娘芳名？」

「我叫儀萱，是娥兒的朋友，娥兒發生什麼事了？」

「你是她的朋友？她沒跟你提過我嗎？」曹澧眼角下垂，似乎很失望。儀萱搖搖頭。

「娥兒是我未過門的妻子。」曹澧低聲說。

儀萱想起來了。是的，自古以來，元宵節除了花燈猜謎外，還有個浪漫的習俗，古時候男女訂親靠的是父母之命、媒妁之言，在成親之前，是不可以私自見面談情的。只有在元宵節這天，大家藉著看花燈的理由外出，才能偷偷看一眼對方的長相，讓小兒女見面、訴訴衷情。

娥兒曾經告訴過詞靈自己訂了親，不過當時她沒有說出那個人的身分，只說在自己年幼時，父母曾經替她許下婚約，對方是個富家子弟，兩人偷偷見過幾次面。

詞靈問娥兒喜不喜歡對方，娥兒都只是羞赧的微笑，低頭不語。之後兩人比較熟了，娥兒會拉著詞靈到人少的地方聊天，說一些未來夫婿的事。講起他，娥兒總是面色溫柔，說他出生富裕，但是飽讀詩書，對自己的品格要求嚴謹、溫和有禮，是個可以信賴的人。詞靈看著娥兒，知道她對於未來充滿憧憬。

「娥兒的確經常提起你。」儀萱真誠的說。

「真的？」曹澧的眼睛亮起來，「我們曹家歷代做香料買賣，家父曾經從西域帶回一種特殊的香草，它的味道悠遠，久香不散，是我們中原沒有的。他把這種特殊香草跟中原的六種香草混合，調配出兩個成分相同、比例不同的香包。這兩個香包一般人聞起來沒有什麼差別，但是對我們曹家人來說，雖然主要的氣味一樣，但是調製的時辰不同、順序不同、比例也不同，是兩個相輔相成又互相獨立的味道。」

儀萱愣愣的看著他，想不到製作香料這麼有學問。

「家父把這兩個香包取名『結緣香』，當年我們去娥兒家提親時，香包就是提親的聘禮之一。一個給了娥兒，一個留給我，這個是我的。」

曹澧從懷裡拿出一個小鳥形狀的香包，上面繡著精緻的紅金色圖樣，香包的香氣濃郁卻不膩人，各種香料藥草混合出不同層次的味道。不過如同曹澧說的，對儀萱來說，這香味跟娥兒身上的香味是一樣的，她分不出來。

「這香包不僅香氣宜人，還具有靈性。當兩個香包靠近時，會互相震動吸引，一個味道會領著你尋找另一個味道。所以元宵節時，我就帶著香包，讓它帶我去找娥兒。不知道爲什麼，娥兒喜歡一個人跑到人煙稀少的地方，我都是靠著香包找到她的。」

詞靈點點頭。她了解娥兒，娥兒喜歡熱鬧，同時也享受寧靜。她曾說，喧譁後的寧靜尤其可貴。當眾人散去，只剩下自己跟遠處的一抹燈火相伴，別有一番靜謐的美感。

儀萱相信曹澧的話，詞境裡的物品具有能量，香味當然也不例外。娥兒一定也知道這香包的靈性，不然不會每次都帶著它。

「娥兒不見了？所以你才會帶著香包到處跑，希望它可以引導你找到她？」儀萱問。

「是的，」曹灃的聲音乾澀，「可是不管我怎麼找，都找不到她，這是從來沒發生過的事。我擔心……她遭遇不測。」

「你爲什麼會這樣想？」儀萱問。其實她心裡清楚，娥兒一定是遇到危險了。

「在她失蹤前，曾經有個姑娘來找我。」曹灃的聲音更加不安，「她說……說娥兒不喜歡我、不想再見到我，要我別再痴心妄想，說她會讓我永遠也見不到娥兒。」

「姑娘？」儀萱皺著眉頭，「她有說她是誰嗎？」

「她說她是詞靈。」

這怎麼可能！儀萱擁有詞靈的記憶，她知道自己絕對沒講過這樣的話！

但是……她猛然一震，在正氣靈跟陰氣靈的爭鬥中，如果陰氣靈的法力壓過她的時候，她會短暫喪失意識，所以陰氣靈才有機會去取靈物。

陰氣靈一定也是利用那時候去找娥兒，問出曹灃這個人。詞靈喜歡娥兒，喜歡見到她，喜歡跟她一起在元宵節裡賞花燈，喜歡跟她相處聊天的感覺。但是對於娥兒和別人許下婚約，讓屬於負面、黑暗的陰氣靈感到嫉妒。看來陰氣靈不僅威脅曹灃，還可能把娥兒也帶走了。

「對不起……」儀萱低著頭。

「姑娘，爲什麼要和在下道歉？」曹澧不解。

「因爲，我……我就是詞靈。」儀萱抬起頭，「我知道我跟你之前遇到的姑娘樣貌不一樣。但善良正面的那一半詞靈，也就是正氣靈，就在我的形體裡。」

儀萱儘可能簡單交待事情的經過，當然，關於儀萱本人是來自宋朝之後八百年的臺灣這件事，她就先省略了。

「所以，是陰氣靈把娥兒抓走了？陰氣靈現在在哪裡？」曹澧非常擔心，白淨的臉龐變得更加蒼白。

「我也不知道。我也在找它，現在還得要找娥兒。」儀萱說。

「我們一起找。我有結緣香，或許可以派上用場。」曹澧態度堅定。

儀萱看著他，覺得娥兒的觀察是對的——這個人有情有義，值得託付終身，跟有沒有媒妁之言無關。

曹澧帶儀萱坐上馬車，這輛馬車比她之前坐的那輛華麗許多，座椅上備著舒服的軟墊，上面盡是精緻的刺繡，車內還有另一股淡淡清雅的香氣，跟曹澧手上香包的香氣並存而不衝突，儀萱對曹家運用香料的技術深感佩服。

曹澧吩咐車伕趕路，他自己拿著香包，把手擱在窗邊。儀萱感到香氣的能量隨著清風吹拂，在黑暗中四處散去，努力尋找另一個結緣香的香氣。

他們駕了一夜的車，可是卻一無所獲。不管怎麼找，就是沒有娥兒的蹤影。

「娥兒到底被帶到哪裡去了？」曹灃神情疲倦，臉上寫著滿滿的失望與擔憂。這次儀萱坐著馬車找人，比上次徒步輕鬆多了，可是找不到人的焦慮還是一樣的消耗精神，儀萱知道不能永不休止的找下去，這樣瞎闖不會有結果的。

「今天先這樣，你先回去休息吧，我再想辦法。」儀萱說。

「想什麼辦法？」雖然這是一個問題，可是挫敗的語氣中沒有一絲希望。

「這樣好了，你把香包給我，我去別的地方找。」儀萱靈機一動。

「去哪找？」

「別忘了，我是詞靈，我可以進出別的詞境。」儀萱說。

「可是，這是我和娥兒之間重要的信物……」曹灃有點遲疑，不過馬上點頭，表情堅決的說：「好，你拿去，只要可以找到娥兒，一個香包算什麼！」

「放心，我會收好，絕不讓它受到半點損害，而且會儘快還給你。」

儀萱妥善的收起香包後便離開了詞境。

9

儀萱一睜開眼睛便趕緊檢查自己的手，看到曹澧的香包真的在手上，鬆了一口氣。她原本擔心法力不夠，不能把香包帶到現實世界，不過還好是她多慮了。

香包的香氣濃郁，她覺得這樣太招搖了，試著對它施法，控制它的香味，再用保鮮袋裝好，小心放進書包裡，打算帶去學校給宗元看。

「萱萱，來吃早餐啊！怎麼叫不起來呢？」媽媽喊著。

「喔，來了。」

「昨天幾點睡啊？看你一臉沒睡飽的樣子。」媽媽皺著眉頭問。

「沒啦，一直作惡夢。」儀萱打著呵欠說。總不能跟媽媽說，她一整晚都在〈青玉案〉裡「眾裡尋他千百度」吧。

儀萱吃過早餐，揹起書包到學校。

那天在學校，她一直找不到適當的時機給宗元看香包。早上先是安排了作家有約的活動，然後有一個感恩教師的學生演奏會，中午吃過午餐後，老師提醒大家，今天是「宋詞欣賞賽」報名的最後一天，要交報名表的同學要在放學之前送到校長室。

這幾天，靈物、以丞受傷、陰氣靈的身分、有人拍下以丞受傷的經過，還有娥兒的下落等，占去儀萱很多精神，她幾乎忘了比賽的事。不過話說回來，她是詞靈，每首詞都是她的一部分，和其他人比賽背誦實在不公平。對喜歡挑戰自己的儀萱來說，沒有多大的興趣。

「儀萱，你報名了嗎？」放學後，張玲甄走過來問。這個女生個子不高，比儀萱矮半個頭，身材纖細瘦小，留著及肩的短髮。

「沒有，我還在考慮。」儀萱一邊收拾書包一邊說。

「我想試試看。」她手上捏著報名表，眼神有點膽怯，「你願意陪我去校長室嗎？」

玲甄性格內向、容易緊張，儀萱平時跟她交情還算不錯，於是點頭答應。

她們來到校長室，發現聚集了不少人。有人來交報名表，有人報名表填錯了在重寫，有人來問問題。儀萱耐心陪著玲甄排隊，看她不過交個報名表就這麼緊張，儀萱忍不住拍拍她的肩膀，暗中傳給她一點能量。

儀萱隨意四處張望，被一樣東西吸引住目光，前面的一個男同學的書包沒關好，露出一支手機，而手機的保護殼是紅色黑框的。

「羅翰偉說，那天拍到以丞受傷經過的人，他的手機就是裝著紅黑色的保護殼，會不會是這個人？」儀萱心想。

玲甄拉著她嘰嘰喳喳講話，儀萱隨口回應幾句，等她再回頭，那位男同學已經拉上書包，走出校長室。儀萱見狀不假思索的追上去。

「儀萱，你要去哪裡？」玲甄看她離開隊伍，緊張的問。

「對不起，我突然想起有急事，我先走。」儀萱又拍拍她的肩膀，「你沒問題的！」

儀萱走出校長室，看見那個男同學已經走下樓梯。她微微運氣，快步跟上。

「嘿！」儀萱在樓梯間追上他，男同學一回頭，儀萱立刻認出他，是顧曄廷。在以丞的生日會上，顧曄廷差點撞上她，她曾小小出手，讓他沒有摔進泳池裡。

顧曄廷跟以丞都是游泳校隊，不過他不像以丞那麼高大，相較起來矮一點，跟儀萱差不多高，但是身材結實，膚色黝黑，頭髮理得很短，看起來很健康陽光。

「嘿！」顧曄廷微笑打招呼。儀萱記得，那天在生日會上他並不多話，但是臉上總是帶著溫和的笑容。

「你去報名宋詞欣賞賽啊？」儀萱問，跟他並肩走在一起。

「是啊，我報名繪畫組。」

「繪畫組？你會畫畫？」這有點出乎意料，不過儀萱一開口馬上覺得慚愧，爲什麼先入爲主的認爲游泳校隊的人不擅長畫畫？

「是啊。」顧曄廷不以爲意的笑了笑，似乎不覺得被冒犯，「我很喜歡畫畫。」

「你游泳技巧很好。」儀萱有點尷尬，隨便丟出一句話，講完後連自己都覺得很白痴。回那是什麼話啊？眞想敲自己的腦袋。

「謝謝。」顧曄廷又笑了笑，接著兩個人陷入短暫的安靜。

「嗯……」儀萱想起自己的目的，「我想問你一個問題。」

「說啊。」曄廷回答得很坦率，讓儀萱安下心。

「以丞在舊操場受傷的那天，你是不是也在那裡？」

「是的。」他看著她的眼睛，「你是不是想知道我手機裡錄下的東西？」

儀萱沒想到他會那麼直接，還說出她來找他的原因，她也不拐彎抹角，馬上點頭。

「我們去舊操場。」曄廷壓低聲音說。

儀萱跟他一起來到舊操場，現在這裡圍了更多圍欄，設置更多禁止進入的標語，不過兩人還是輕易穿過。曄廷拉著儀萱來到一個隱蔽的角落。

「當時我就在這裡。」曄廷看看四周。

「你那天爲什麼來舊操場？爲什麼要錄下我們的對話？」儀萱問。

曄廷聳聳肩，「不要誤會，我沒有跟蹤你或以丞。那天我剛好想一個人走走，看到你跟以丞碰面，我知道以丞偷偷喜歡你很久了，他可能想表白，所以想錄下你們的對話之後拿來取笑他，就這樣。」

儀萱很驚訝，以丞喜歡她？眞不敢相信。她一直把他當敵對的陰氣靈呢！她也不相信曄廷那天只是想散散步，誰會想去雜亂危險的工地散步啊？或是像他說的，只是爲了錄下兩人的對話取笑同學。

「所以，你錄到什麼？」儀萱問。

曄廷從書包拿出手機，打開其中一個影片，遞給儀萱。

一開始，鏡頭只拍到以丞，他臉上帶著傻笑，似乎很快樂，然後儀萱看到自己出現。

「好巧，我也有事跟你說。」以丞說。

接下來的影片就跟儀萱經歷的一樣，他們對話中，包括陰氣靈、法力，直到以丞跌倒，統統都被錄了下來。

儀萱看完心裡一涼，她相信自己的臉色一定很難看。

只是，爲什麼沒人來問她怎麼回事？

曄廷從她手中拿回手機，不等儀萱開口就說：「不過，我不是拿那個影片給校長看的，我給他看的是這個。」

儀萱狐疑的看著他，再度從他手中接過手機，只見螢幕上，以丞態度兇狠的說：「你最好乖乖告訴我，不然我鐵定給你好看！」他瞪著儀萱一會兒，接著就出手向儀萱攻擊。儀萱舉起手，似乎要防衛的樣子，在以丞快要碰到儀萱時，往旁邊摔了下去。

「校長只看到後面這部分，而且你看，」曄廷把影片往前回播幾秒鐘，「我指給校長看，以丞站的位置那邊有不少施工的木條、箱子，所以從影片看起來，他是因爲要攻擊你，卻不小心絆到這些雜物才自己跌倒。」

原來如此，這就是爲什麼沒有人再追究儀萱的原因。以丞雖然受傷，可是從這段影片看起來，以丞沒碰到儀萱前就「自己」跌下去，的確不能怪儀萱。

「只是，你爲什麼幫我？」儀萱問，她不了解爲什麼曄廷並沒有交出完整的影片，而是刻意剪成後面對她有利的這段。

「因爲，你在泳池邊也幫了我。」他轉頭看她，眼光柔和，卻又帶著一股謎樣的神采，儀萱幾乎覺得他看進她的心裡了。

另外儀萱也很驚訝，當時其他人應該只看到顧曄廷差點在池邊摔倒，只有她跟宗元，還有陰氣靈才會看出其實是儀萱用法力扶了他一把，才讓他沒有掉進池裡。儀萱沒有回應，暗自揣測他說這些話的用意。

「你相信超能力嗎？還是像影片你跟以丞對話中的——法力？」曄廷問。

「你覺得呢？」儀萱反問。

「我知道，在這個世界上，有很多超乎現代科學可以解釋的力量。你在泳池邊抓住我的手，我感到有股熱氣傳進身體，那不是一般人的力量。」曄廷看了她一眼。

「你是怎麼發現的？」儀萱問，「你是陰氣靈？」

曄廷搖搖頭，「我在影片聽到你們在說什麼陰氣靈，我不知道那是什麼，我也不是陰氣靈，我只是比平常人多了一份直覺罷了。」

儀萱不相信曄廷只是比別人神經敏銳，也不相信他會閒來無事跑到舊操場去，他身上似乎藏著一些祕密，不過很明顯的，他並不想說。就像現在，曄廷在等儀萱爲陰氣靈、靈物、法力等提出合理的解釋，可是儀萱也不打算說。

於是兩人又陷入沉默。

天色愈來愈晚，包圍他們的餘暉慢慢被暮色取代。

「我們該走了。」曄廷站起來，拍拍褲子上的灰塵，也拍掉那份安靜，「對了，你有報名比賽嗎？」

「沒有，我最近比較忙，沒時間準備。」這是實話，太多事讓她煩心了。

曄廷笑了笑，沒說什麼，便跟儀萱走出校園。

當天晚上，宗元打電話過來，儀萱把曄廷的事告訴他。

「你確定？」宗元的聲音中透露著不以爲然。

「不是，曄廷不是陰氣靈。」儀萱覺得自己這句話至少講十遍了。

「他有沒有向你保證影片不會流出去？」

「沒有。不過我相信他。」儀萱堅定的說。

「相信他？這個人比以丞還有問題！一個人鬼鬼祟祟跑到舊操場，還錄下你們的談話威脅你……」宗元振振有詞。

「你講到哪裡去了。曄廷哪有威脅我，他交出剪過的影片，如果沒有他，我現在肯定惹上大麻煩，早就被當成霸凌兇手了！」儀萱忍不住大聲替曄廷說話。

「他說的你就信？就算你現在暫時沒事，不代表以後也沒事。影片在他手上，誰知道他哪天會拿出來？只要影片在，他隨時可以威脅你。」宗元很氣儀萱這麼容易相信人。

「他威脅我有什麼好處？」儀萱也忍不住動氣，「你不要老是懷疑人。」

「『老是』？你這是什麼意思？」宗元也一股氣上來。

「之前沒有確切的證據，你就一口咬定以丞是陰氣靈，現在又說曄廷有問題！」

「就算以丞不是陰氣靈，他也被陰氣靈利用了，害你差點在泳池裡溺水，害你差點變殺人兇手，他也等於是幫兇！」

「以丞不是幫兇。他是被控制，身不由己。」

「就算他被陰氣靈控制，你若不小心一點，還是有危險。我是在幫你耶！」宗元吼著。

「你這不是幫我，是混淆我的判斷力！」儀萱也吼回去，「還有，你今天講了三次『就算』！」

「那又怎樣！你管我！」宗元氣極了。他的一片好意，怎麼被扭曲成這樣？現在還對他的講話方式有意見。

「那代表你承認之前的判斷有錯，但是死鴨子嘴硬！」

「那也不代表我有錯。還有，就算你不要我說，我也偏要說，就算、就算、就算……」

怎麼會搞得跟小孩子吵架一樣？儀萱覺得又氣又累，今天學校一整天的活動，放學後又跟曄廷在舊操場講話，好不容易回家喘口氣，晚餐都還沒吃，宗元就打電話過來，本來她還想告訴他娥兒跟香包的事，現在卻吵得不可開交。

「好了，我不跟你說了，我要去吃飯了。」儀萱說，可是電話那頭沒有回應，看來宗元早就把電話掛了。儀萱一肚子氣，不想理他，也掛上電話。

搞什麼嘛！會背幾首詩，幫了詩魂一把，就覺得可以對她指指點點嗎？莫名其妙！

電話另一頭，宗元氣極敗壞的瞪著手機。不過多講了幾句，儀萱就掛他電話！眞是太過分了！宗元氣得用力按下結束通話的按鈕，因爲氣得發抖，還多按了幾次才眞的掛斷。

以爲自己是詞靈就了不起嗎？哼！一番好意不領情就算了，還被說成混淆她的判斷力，明明是她有眼無珠。

「鈴！」手機響起，宗元跳了起來，是儀萱！她打電話來道歉了。

他趕快接起電話，但是在接起來的那一剎那，他才發現來電顯示是一組陌生的號碼。

「喂？」是一個女子的聲音，「你是宗元嗎？我是以丞的媽媽。」

「趙媽媽好。」宗元很納悶，爲什麼以丞的媽媽會打給他。

「不好意思，這麼晚打給你。是這樣的，今天早上以丞醒來了。」聽得出來，趙媽媽很開心。

「啊，太好了！」宗元也替她高興，只是不知道，他還有沒有被陰氣靈控制？

「是啊，醫生做了很多檢查，說他的狀況不錯，過幾天就可以出院。我跟他爸爸想在以丞出院後的那個週末辦一場派對，邀請他的同學跟我們一起慶祝，你可以來嗎？」趙媽媽誠懇的邀請。

「好啊。」宗元說，「對了，儀萱會去嗎？」

「我不知道，我剛才打去她都沒接，不過我有留言了，我也希望她會去。」趙媽媽說。

儀萱氣得把手機關機，這個柳宗元居然掛她電話，儘管去當他的大屁人好了！

過了好一會兒，她的情緒平復下來。在媽媽的催促下，儀萱吃了晚餐，洗過澡，感覺身體的能量回來了，便開始做功課。

直到晚上睡覺前，她都不想碰手機，不想聽宗元解釋，更擔心如果宗元沒有傳簡訊道歉，她會更氣。這是第一次她跟朋友吵架，還是一直以來的好朋友，這種感覺很難受，她不知道怎麼處理。她和宗元一向愛鬥嘴，可是每次都有人先退一步，不至於吵得太嚴重，可是這次兩個人卻誰也不讓誰。她知道自己累了一天，加上幾天來的擔心害怕，今天才會忍不住爆發。她應該要先道歉嗎？但想到這裡又有氣了。道什麼歉啊！宗元掛她電話耶，而且他八成覺得自己沒錯。儀萱決定先不理他。

她躺在床上，拿出一整天放在身上的香包。眼前最重要的事是找到娥兒。她跟曹澧在〈青玉案〉的街道上怎麼找也找不到人，難道陰氣靈把娥兒帶到其他詞境裡軟禁起來？像喜蓮那樣，被兮行帶到〈瑤池〉裡的西王母那兒。

儀萱進出了幾首帶有「香」的詞，像是嚴人的〈木蘭花〉，「香逕落紅吹已斷」；史達祖的〈夜合花〉，「燭底縈香」；秦觀的〈滿庭芳〉，「香囊暗解」；柳永的〈浪掏沙慢〉，「香暖鴛鴦被」……依然沒有娥兒的下落。

她再度來到〈青玉案〉，這裡燈彩滿街、人聲鼎沸，她招了一輛馬車在街上繞，也下車徒步到處走，還是沒有發現娥兒的蹤影。

她手持香包慢慢遠離大街，遠處的燈火愈來愈昏暗，不久後，她便陷入一片黑暗中。恐懼隨著黑暗襲來，儀萱心裡一陣慌亂，差點放聲尖叫。她深呼吸幾口氣，儘可能把心定下來，隨著空氣進出肺部，她發現一件事，四周包圍她的黑暗，不僅僅是夜晚的關係，還有一種非常細小的粉塵。這些濃密的粉塵遮蔽了月光和燈光，把她緊緊的包覆起來。

這絕對是人爲的法術，不用猜也知道是陰氣靈幹的。

她一時破解不了這道法力，只能先離開詞境，回到自己的房間。

儀萱一直到第二天早上上學途中才打開手機，宗元沒跟她聯絡讓她很失望，不過她收到趙媽媽的留言，她很高興以丞快要出院了。

不知道他還有沒有受到陰氣靈的控制？

儀萱走進教室，看到宗元已經在座位上了，儀萱經過他的座位時，他看也不看她一眼。儀萱一甩頭，加快腳步，走到自己的位子上。

宗元整天都沒有正眼看她，這陣子，因爲以丞受傷的關係，很多人都避著她。那時宗元爲了打聽其他同學的風言風語，假裝不敢接近儀萱，可是現在，宗元是眞的不理她，讓她覺得心裡有個角落像被針刺痛，胸口、喉嚨、眼睛都酸酸的，儀萱用力眨眨眼，把差點溢出來的淚水給壓回去。

其實也不是完全沒人跟儀萱說話，玲甄就會來找她聊天。玲甄個性內向安靜，沒什麼朋友，儀萱偶爾會找她講話。昨天儀萱陪她去繳報名表，讓她很感激。

「儀萱，你知道嗎？」玲甄臉上紅撲撲的，「昨天我不知道哪來的勇氣，我居然報了背誦組跟繪畫組兩項比賽耶！」

「那很好啊，趕快準備喔！」儀萱鼓勵她。

「不過我其實不太會畫畫，背詞也背不好。」玲甄不好意思的說。

「我覺得有想嘗試的心意就很棒了。」儀萱眞心的說，並且在心裡暗自決定要儘量幫助玲甄。

「我剛才看到顧曄廷在樹下畫畫，他畫得好棒喔！」玲甄一臉羨慕的說。

「喔？」儀萱沒看過他的畫，很好奇他畫得如何。

「走，我們一起去看。」玲甄拉著儀萱，儀萱也只能苦笑由著她。玲甄似乎崇拜曄廷，又不敢一個人接近他，所以拉她一起去。

兩人來到大樓外，這裡很安靜，只有曄廷一個人坐在樹下，拿著一本速寫本，低頭認眞作畫。

「你在畫什麼？我們可以看嗎？」儀萱開口。

曄廷抬起頭看見儀萱，臉上露出微笑，點點頭。

「我在畫這棵樹。」曄廷說。

「你坐在樹下，又看不到樹，怎麼畫？」儀萱問。

「我每天來學校都會看到這棵樹，我不需要看著它，樹已經在我的心裡了，我要畫的是我心裡的樹。」曄廷說。

儀萱看著那幅還沒完成的畫，上半部是藍色的天空，遠處有山，太陽靠近山邊，應該是黃昏。前景有一片草地，中間偏左的部分是池水，而右邊則是那棵樹，姿態如出一轍。前景的草地上有許多落葉，他現在正仔細的一片片描繪著。

他的畫法細膩精緻，線條優美，卻不矯揉造作。

「你畫得眞好，好漂亮啊。」玲甄小聲的說。儀萱有點驚訝，玲甄一向不愛跟別人說話，看來她眞的對曄廷有好感。

「你覺得我在畫什麼？」曄廷忽然問。

「你剛剛不是說你在畫這棵樹？」玲甄反問。

曄廷瞄了她一眼沒說話，只是轉過頭來，眼光定在儀萱身上。

儀萱再度看向畫，心裡一動，曄廷報名宋詞欣賞賽繪畫組，難道他在練習畫某一首詞？他雖然還沒完成，可是儀萱的不服輸的心被挑起，於是努力思考。藍色的天，滿地黃葉，落日……

「〈蘇幕遮〉。」儀萱看到曄廷的眼中閃著光芒，知道自己猜對了。

「那是什麼？」玲甄摸不著頭緒。

「沒錯，是范仲淹的詞──〈蘇幕遮〉。

「碧雲天，黃葉地，秋色連波，波上寒煙翠。山映斜陽天接水，芳草無情，更在斜陽外。黯鄉魂，追旅思，夜夜除非，好夢留人睡。明月樓高休獨倚，酒入愁腸，化作相思淚。」

曄廷唸完抬頭看了儀萱一眼，臉上帶著淺淺的笑意，笑容裡又有深深的暖意。儀萱不知道爲什麼，感到一股溫熱之氣滑上胸口、脖子、下巴，還有臉上，她甚至覺得兩頰皮膚的溫度上升了幾度。

「鈴！」上課鈴聲響起，曄廷轉頭收拾畫具。

「我去上課了，畫完再給你們看。」曄廷對她們揮揮手。

從儀萱和宗元的互動，看起來他們兩個鬧翻了。如今儀萱發現以丞不是陰氣靈，得另外尋找其他人選，或許可以利用宗元這小子。

看儀萱在〈青玉案〉裡瞎找，它忍不住在心中竊笑，它有信心，就算她找出破解暗塵的方法，也無法順利取得靈物。它已經拿到木靈物跟土靈物，接下來三個要儘快拿到，才能恢復全部的法力。

10

已經三天了，儀萱眞的都沒來跟他說話，也沒有傳簡訊，眞的是太、過、分、了！

枉費他在找魂氣時一直護著她，還冒險去詩境救她，沒想到她居然跟他賭氣這麼久。

正當宗元想去〈瑤池〉騎神駒消消氣，他的手機忽然震動兩下，有人傳簡訊來。

「我看你跟儀萱最近都不講話，

你們吵架了？」

「你是誰？」

宗元皺起眉頭，這人沒有顯示號碼，怎麼傳簡訊給他，難道是詐騙集團嗎？

「我只是替你覺得不平，你一向很關心她，作為一個朋友，你已經很盡心盡力了。」

這話說到宗元心坎裡，一想到儀萱吼他，還掛他電話就有氣。只是，這人是誰？似乎很了解他跟儀萱。

「你到底是誰？」

「那我就明講了。你已經知道詞靈的一半在她身上，而我是另外那一半。」

「你是陰氣靈？」

陰氣靈傳簡訊給他？宗元覺得毛骨悚然。

「是的。

我跟正氣靈本來在同一個形體裡，

可是我們倆不合，所以分開了。」

「那你現在在誰的形體裡？」

「我暫時不能告訴你。

有機會我會讓你知道。」

「那你傳簡訊給我幹嘛？」

「我想跟你談一場交易。」

「交易？」

「是的。

你知道，我跟正氣靈都在找對方使用的五項靈物，

希望自己可以比對方更早恢復法力。」

「你希望我幫你去問儀萱？

不可能的！我不會幫你做這種事！」

「爲什麼不？她不是都不理你了？

還跟那個畫畫的男生在樹下講話。」

宗元也看到兩人在樹下聊天，想到儀萱對自己愛理不理的樣子，實在是一肚子氣。

「而且我知道，你曾經幫詩魂找魂氣，

你的能力一定很強，

這樣的特殊體質，可不是每個人都有的。」

陰氣靈捧了宗元一下，讓宗元臉上揚起微笑。

「而且，既然我說交易，那就是有來有往，你也有好處的。」

「什麼好處？」

「我可以給你法力。你幫詩魂尋找魂氣的過程中，應該享受過法力的滋味吧？如果你幫我，我可以把我的法力分給你。」

宗元有過法力，知道那種操控一切的感覺，陰氣靈勾起他的欲望。

「考慮得怎麼樣？」

「之前儀萱就不告訴我了，現在我們冷戰，她更不可能對我說。」

「你可以先道歉，跟她和好。」

「什麼？我才不要呢！」

「你是要做大事的人，一定忍得了這一時之氣。」

陰氣靈又巧妙的捧了宗元一次，宗元的笑意更濃了。

「那你要答應我一件事，不可以傷害儀萱。」

「我的對象是正氣靈，
我跟你保證，儀萱不會受到任何傷害的，
等我拿到五樣靈物，
把正氣靈趕出儀萱的身體，
讓她回復原來的樣子，
這樣對她來說更好，不是嗎？」

宗元想想，覺得有理，於是下定決心。

「好，我幫你！」

11

儀萱找到破解那些暗塵的辦法了。她再度來到〈青玉案〉，在熙攘的大街上，尋找曹澧的馬車。

「我在這。」一輛豪華的馬車經過，曹澧在車上對她招手。儀萱跳上馬車，告訴曹澧關於那些讓人陷入黑暗的細塵。

「我沒遇過，」他搖搖頭，「可能我一直都在馬車裡。」

「那些細塵被法力控制，會讓你迷失方向、心生恐懼，如果那個人定力不夠，甚至可能發狂恐慌致死。」儀萱說。

「你認爲娥兒被困在裡面？」曹澧感到一陣寒意。

「很有可能。」儀萱語氣低沉，「不過我找到破解的方法了。我需要你的幫忙。」

「姑娘直說無妨！」曹澧感到一股熱血，只要可以找到娥兒，他什麼都願意做。

「陳克寫了一首〈菩薩蠻〉，裡面有一句，『午香吹暗塵』，午後的香風可以吹散暗塵。我需要你去調配這樣的香味，然後加上我的法力，就可以讓這細塵消散。」

「可是，我不知道調配這個午香的材料。」曹澧苦惱的說。

「陳克的這首〈菩薩蠻〉，是描寫赤闌橋的盡頭附近有一條青樓香街，穿著黃色衣衫的青年男子都喜歡騎馬來到這邊。這個午香，指的是正午之後，這些女子身上的香味。」儀萱說著，從口袋掏出許多碎布，「我剛才去了那首詞境，收集了一些女子衣料，上面帶著不同味道的香氣，你可以用這些材料調配香料。不過動作要快，布上的味道快要散了。」

「沒問題。」曹澧嗅了嗅上面的味道，「這些香氣的分量足夠，我馬上回去調配，給我一些時間。」

「好，我對你有信心，我會再回來。」儀萱說。

儀萱再度回到〈青玉案〉時，曹澧喜孜孜的拿出一個東西，那是一個金魚形狀，上面繡滿金線的香包，金魚的雙唇嘟起來，非常可愛精緻。

「我把你給我的香布跟萃香脂放在鍋裡，用香松樹做柴，大火熬煮，萃香脂本是無色無味，但跟帶香的事物一起熬煮後，會吸取保留上面的香味。待它冷卻後，我把它放在月光下，吸取天地精華，再加入其他香料提味，同時可以讓香味持久不散，之後再用布浸透油脂，請我娘做成一個魚狀香包。你看，味道對不對？」

儀萱聞了聞，點點頭，曹家不愧是香料世家，果然專業。

「謝謝你，我這就用它去吹開那些暗塵。」儀萱正要離開，曹澧拉住她。

「若姑娘不嫌在下無能，我願跟你一同前去！」曹澧滿臉期待，「我也要去救娥兒，她是我未過門的妻子。」

儀萱遲疑了一下，她不想讓曹澧涉入險境，不過他一番心意，讓人不忍拒絕。

「好！我們走。」

儀萱帶著曹澧，兩人捨棄馬車，徒步往人煙稀少的城外走去，要不了多久，他們便陷入一片黑暗之中。

「這……這是哪裡？我什麼都看不到。我要出去！我要離開！」曹澧聲音充滿恐懼，兩手胡亂揮舞，儀萱循聲抓住他的手臂。

「我在這裡。試著定下心來。」儀萱自己努力運氣，同時也把能量傳給曹澧。

曹澧不再亂動，不過從急促的呼吸聲，感覺得出他很恐慌。

儀萱一手握住曹澧，一手運氣到手上的香包，一股輕微流動的煙氣從金魚嘟起來的嘴脣吹出，儀萱揚手向四處揮去，可是香包吹出的氣並沒有把細塵吹散。

「你有用香包嗎？爲什麼還是這麼暗？」曹澧的語氣滿是害怕。

「香包爲什麼沒效？」儀萱不解。

「沒效？」曹澧聲音顫抖，「爲什麼？這裡好暗啊！怎麼辦？」

「你先別慌。想想看，這香味，除了法力，還需要什麼力量？」儀萱運氣，輸入更多的能量給曹澧。

曹澧深呼吸幾次，身體不再發顫，努力思考。「結緣香可以找到彼此，是因爲兩者有連結，這個午香要吹動暗塵，兩者也要有連結。」

「所以我要回到陳克的〈菩薩蠻〉拿那裡的塵土，讓細塵灑在香包上！你在這裡等我，我去去就來。」儀萱說。

「不，不要留我一個人，這裡太可怕了！」曹澧渾身發抖，四處張望，「這裡是哪裡？我什麼也看不到，這些細塵到底是從哪來的？不是這城裡的。我要離開！」

曹澧不停自言自語，但是他的話點醒儀萱一件事：這些暗塵不屬於這座城，也不是陳克的〈菩薩蠻〉。她去過那首詞，那裡的塵土偏黃，顆粒比較粗，現在將他們包圍起來的暗塵是黑色的，顆粒像粉塵般細小。

儀萱用手去抓，被陰氣靈施過法的暗塵飛散又聚攏，讓儀萱碰不著。看來，她必須找到這些暗塵的出處，把沒被施法的暗塵帶過來灑在香包上，與香包產生連結才行。

儀萱沒辦法把曹澧帶離黑暗，也沒辦法帶他回到現實世界或其他詞境，她一咬牙，伸手點了曹澧身上的幾個穴道，他終於不再發抖，腳一軟就昏了過去。

很快就到了宋詞欣賞賽背誦組的比賽，今天一早，大家捧著詞選努力溫習。儀萱也翻著詞選，但她沒有要比賽，而是在找跟灰塵、暗塵、塵土有關的詞句，偏偏這類的詞還不少。

「儀萱！」宗元站在儀萱的座位前，手抓著頭，臉上表情很尷尬。

儀萱看著他，宗元四天沒跟她說話，她不確定他要幹嘛。

「我……嗯，你後來有報名比賽嗎？」宗元支支吾吾的問。

「沒有！」儀萱簡短乾脆的回答，低下頭繼續看書，不理他。

「你還在生氣啊？」宗元小聲的問。儀萱再度抬起頭看著他，她本來就不是愛生悶氣的人，經過這幾天其實也沒那麼氣了。

「好啦，不要生氣了，這幾天都沒跟你講話，怪怪的。」宗元抓頭傻笑。

「你這算道歉嗎？」儀萱的語氣緩和下來，嘴角也有一抹微笑。

「算了，那天我口氣比較不好，不過你掛我電話，害我滿難過的！」宗元故意扁嘴，做出很痛苦的表情。

「哪有？明明就是你先掛我電話！」儀萱瞪大眼睛。

「我才沒有先掛電話，我以為是你……」宗元抗議著，這時兩人意識到，原來掛電話是一場誤會，可能只是手機剛好收訊不良，卻搞得兩個人賭氣這麼久，忍不住笑出來。

「你沒有要比賽，幹嘛念得這麼認眞？」宗元指著儀萱面前的書。

「最近發生了不少事。」儀萱好久沒跟宗元聊天，忍不住把娥兒的事全部告訴他。

「所以你要找跟『塵』有關的詞。」宗元沉思，「就像我要找有『琴』的唐詩一樣。」

「是啊。我進去了幾首，可是都不對。」儀萱說。

「我幫你看看！」

宗元幫她一起看，儀萱看著他低頭認眞的樣子，心裡感到一陣溫暖，先前兩人窩在家裡，一起翻找唐詩的情景又回來了，儀萱忍不住微笑。

「儀萱，參加比賽的同學都去操場集合了，你怎麼還在這裡？」陳老師喊她。

「老師，我沒報名啊，不過我等下會去看比賽。」儀萱說。

「你沒報名？你對背誦詩詞那麼有天賦，幹嘛不報名？」陳老師從厚厚的鏡片後面看著她，又低頭看手上的報名資料，「有啊，你的名字在上面，快去！」

宗元露出狐疑的表情，儀萱也瞪大眼睛，一臉迷惑。

「老師，我眞的沒有！」

儀萱的話還沒說完，宗元拉著她大聲說：「老師，我現在就帶儀萱過去。」

「你幹嘛，我眞的沒有報名啊！」儀萱被宗元拉著，心不甘情不願的往操場走去。

「噓，」宗元小聲說，「我相信你。我在猜，這是不是陰氣靈搞的鬼？它在我們班上，很可能報名了這場比賽，想跟你一較高下。輸人不輸陣，至少先去看看情況，說不定可以發現什麼蛛絲馬跡。」

儀萱覺得宗元說的有理，便不再抗拒，跟著來到操場。

操場一片鬧哄哄的，因爲可以加分的關係，讓不少人報名這場比賽。儀萱看見林品達、吳采璘、羅翰偉、周彥君、張玲甄，還有別班的趙悅雪、張正翔、梁靜雯、王穎等。

儀萱走到玲甄身旁，拍拍她的肩，傳送一點能量給她。

「你不是沒有報名嗎？」吳采璘走向儀萱，臉上帶著冷笑，「難道你臨時反悔，決定參加比賽？」

儀萱轉過頭，不想理她。

參賽者完成報到手續後，陳老師把所有人領到臺上，臺上有個大黑板，還擺了十張桌椅，老師讓大家站在桌椅後方。不知道在臺上的這些人，誰是陰氣靈？儀萱暗自揣測。

儀萱看到宗元在臺下對她揮手喊加油，曄廷在另一頭注視著她，臉上帶著淺淺的微笑。

「今天，是我們學校第一次舉辦『宋詞欣賞賽』。」高瘦的校長上臺致詞，「藉由這個比賽，我希望大家可以在競爭中，找出研究宋詞的興趣。詞是由詩蛻變而來的，詞的用字、平仄、押韻非常嚴格，詞人根據詞牌的規格填入詞句，供人吟唱……」

校長講了一堆讀詩詞的好處後，終於開始說明比賽方式。

「關於今天的比賽。因爲人數不少，所以我們先進行兩輪的淘汰，剩下的十個人可以坐到位子上，進行最後的決賽。」

很多人報名比賽只是爲了加分，儀萱知道很快就會有人下臺了。

「這個黑板上面寫了每個參賽者的名字，被淘汰的人，名字會被擦掉。現在，請陳老師給每個人一個小袋子。」校長點點頭。陳老師拿出一個箱子把小袋子發下去。

「這袋子裝了寫著詞人名字的紙條，陳老師會唸三首詞的前幾句，大家要找到寫那三首詞的詞人，把紙條拿給我，前二十名寫對的同學可以留下來。」

大家拿到小袋子躍躍欲試，校長走到升旗臺的另一側觀看比賽。

陳老師踩著高跟鞋走到大家面前，拿起題目唸了出來。

「大家準備好了嗎？我要開始了。」陳老師清清喉嚨，表情誇張的唸著：「第一首，『少年聽雨歌樓上，紅燭昏羅帳。壯年聽雨客舟中，江闊雲低，斷雁叫西風』。」

儀萱很快就找到寫有詞人蔣捷的紙條，她低頭偷看四周，想知道誰也是很快就找到答案。

「好，第二首，『明月幾時有，把酒問青天。不知天上宮闕，今夕是何年』。」

儀萱順利找到蘇軾。

「第三首，『佳麗地，南朝盛事誰記？山圍故國繞清江，髻鬟對起，怒濤寂寞打孤城，風檣遙度天際』。」

老師唸出第一句，儀萱就找到寫著周邦彥的紙條，不過儀萱想看看還有誰跟她一樣快。上次進入唐詩比賽決賽的趙悅雪，在老師還沒唸完題目就第一個衝過去，把三張紙條遞給校長，然後是張正翔、林品達、吳采璘……愈來愈多人走到校長面前。

陰氣靈會是誰？不會是趙悅雪或是張正翔，他們跟她不同班級，也沒有去以丞的生日會。難道是林品達還是吳采璘？還是它跟自己一樣，故意隱身到比較後面？

「1，2，3，4……」校長大聲喊著收到正確紙條的順序，有些人隨便找了三張紙條交差，校長馬上丟到一旁。「7，8，9……」

儀萱等了一會兒才上前，校長對著她喊15，玲甄在她後面，是第18位。

校長沒再喊出19，20，看來玲甄之後沒有人答對。

「好吧，本來想取20名的，不過看來只有十八個人完全答對。」校長有點惋惜的說。

陳老師把黑板上的名字擦掉，重新寫上這十八人的姓名。

「先恭喜你們通過第一回合的挑戰。」校長鼓掌，大家也跟著鼓掌，「接下來，請你們幫忙把後面那十張桌椅搬到前面來。」

儀萱跟其他人合力，把十張桌椅移到臺前，所有人在椅子後方一字排開。

「好，你們每個人往後退五步。」校長說，「陳老師會隨機抽題，一個個輪流問你們，答對的，就往前走一步，答錯或不知道的，就往後退一步，最先達到桌椅的十個人就可以晉級。」

陳老師接著說：「我會依照剛才校長喊你們的順序問問題。趙悅雪，李清照的『只恐雙溪舴猛舟』，下一句是什麼？」

「載不動，許多愁。」趙悅雪很快的回答。

「請往前走一步。」陳老師微笑的說。

「張正翔，請問，蘇軾這首『夜飲東坡醒復醉，歸來彷彿三更，家童鼻息已雷鳴，敲門都不應』，它的詞牌名是什麼？」

「〈臨江仙〉。」張正翔自信的說。

「答對了，也請往前一步。」

陳老師一個個問，有些人往前，有些人往後，終於輪到儀萱。

「莊儀萱，『剪不斷，理還亂，是離愁。別是一般滋味在心頭』，請問是誰的詞？」

「李煜。」儀萱答。

「好，往前一步。」陳老師點點頭。

在第一輪十八個問題中，玲甄也往前一步，看來她之前只是害羞內向，其實背誦詩詞的能力很不錯。

比賽繼續。大家有進有退，競爭激烈，這種問題對儀萱來講太容易了，五道題目過後，她就走到第一張桌椅坐下，之後陸續有人坐進椅子，確定十位晉級決賽的名單。

「恭喜莊儀萱、趙悅雪、吳采璘、張正翔、林品達、梁靜雯、周令鴻、楊芊、王穎、張玲甄，這十位同學通過宋詞欣賞賽初賽。」校長跟大家一起鼓掌。

「決賽的計分方式跟之前的唐詩背誦比賽相同。我們會根據你們答題的速度跟正確性來記點數，最後結算總分，點數最高的參賽者便是第一名！

「決賽將有三個回合，大家要把握機會。」校長說，「首先，第一回合，我們要請臺上十位同學從臺下選出一位同學當副手，以比手劃腳的方式進行比賽。」

陳老師接著解釋，「我會給副手七個字的詞句，由副手負責比劃，參賽者要在三十秒內猜出來，一個字一點，答出七個字的得到七點，六個字六點，以此類推。這不僅考驗參賽者對於宋詞的理解，也考驗他跟朋友的默契，所以，請慎選你的副手。」

這樣的比賽方式很新鮮，臺下的同學興奮不已，很多人舉手，希望可以被選上。

儀萱第一個想到宗元，他們感情好，又一起在詩境合作過，一定沒問題。不過不知爲什麼，她忍不住看向曄廷，曄廷也看著她，似乎也期待儀萱選他。

「大家選好副手人選了嗎？」陳老師問大家，「這次我從第十個進入決賽的同學開始問。張玲甄？」

「嗯……」她講得很小聲，沒人聽到。

「誰？大聲點。」陳老師走靠近她。

「顧曄廷。」玲甄臉都紅了。

「好，顧曄廷請上臺。」陳老師大聲說。曄廷看了儀萱一眼，上臺走到玲甄前面。

儀萱微微失望，不過另一方面慶幸自己不需要做選擇。

老師依序問下去，來到儀萱面前。「莊儀萱？」

「我選柳宗元。」儀萱說。宗元開心的走到儀萱面前。

其他參賽者也陸續選好他們的搭擋，比賽正式開始，輪到儀萱他們這組時，陳老師把宗元帶開，讓他看題目，只見宗元眉頭微蹙，想了一會兒後點點頭。

陳老師把宗元帶到臺前，面對儀萱，大家興致勃勃的看著他們。

宗元先伸出三個手指頭。

「第三個字？」儀萱問。

宗元點點頭，停頓一下，又比四和五。

「第三個字是四？第三個字是五？」儀萱一頭霧水。宗元猛搖頭揮手，顯然不對。他抓抓頭，深呼吸一口氣，重新來。他再度比三。

「第三個字。」儀萱說。她可以感到正氣靈深深嘆了一口氣，怎麼這時代的小孩用這種方式對待宋詞。

宗元點點頭，食指往下指。

「地？」不對。

「下？」不對。

「土？」不對。

都不是。宗元決定換個方式。他做了一個雙手划動的動作。

「游？」儀萱看宗元再度搖頭，「泳？滑？撥？」

都不是。宗元一邊划動，臉上一邊裝出痛苦的表情，還大口吸氣。臺下的同學們也竊竊私語，猜測是哪首詞的詞句。

「換氣？溺水？」儀萱喊著。

宗元大力搖頭，還想要比劃什麼，陳老師已經按下碼錶。「好，時間到。」

「答案是歐陽修的『庭院深深深幾許』。」陳老師說。

「你怎麼比什麼三四五？這裡面明明一個數字都沒有！」儀萱抱怨著。

「我比三四五，意思是第三、四、五個字一樣，是我接下來要表演的。真是太沒默契了！」宗元翻白眼，一副儀萱怎麼這麼笨的表情。

「拜託，我怎麼知道？就算我知道，深深深跟游泳有什麼關係？」儀萱很不以爲然。

「不是游泳，那是水太深的意思！」

天啊！儀萱心裡吶喊。這一輪她一分都沒得到，本來她以爲這種宋詞背誦比賽，她堂堂一個詞靈，隨隨便便就可以拿下第一名。誰知道校長這麼有創意，爲了激發大家的興趣，把比賽弄得趣味十足，反而讓她栽跟頭。雖然她是因爲有人不知道爲了什麼原因替她報名，才被逼得來參加，這下卻激起了她的鬥志，她想要贏！

接下來輪到玲甄，儀萱仔細看著曄廷，他先伸出一根指頭，然後用手背抹臉。

「第一個字，哭？」玲甄說。曄廷搖搖頭，指指眼角。玲甄繼續猜，「淚？」

曄廷點頭，伸出兩根手指，然後吐一口水在袖子上，他指指袖子。

「濕？」

曄廷點點頭。然後他比三和四，儀萱現在知道，那代表他要表演第三跟第四個字。他看向四周，指著操場外圍，連著街道的方向。玲甄皺起眉頭。

「馬路？外面？野草？」但曄廷都搖搖頭，「圍牆？欄杆？」

猜到最後一個時，曄廷終於點頭，到這裡，儀萱已經知道了，是毛滂的〈惜分飛〉：

「淚濕闌干花著露」。

不過玲甄似乎並不知道這句詞，曄廷比著五，然後捧著雙手把臉湊上去，像是聞到什麼香味那樣。

「第五個字是花？」玲甄說。

曄廷點點頭，想了一下，比出七，然後指著地上。

「地？土？路？」

曄廷點頭，時間到。

「不錯，張玲甄得到六點。」陳老師宣布。

儀萱忍不住轉頭瞪著宗元，比劃得那麼差，害她一個字也猜不出來。

儀萱的第二題，也是猜得亂七八糟，儀萱光是猜出宗元第二個字食指碰食指，拇指碰拇指是「圓」，還有第五個字是五，就花了十幾秒鐘，因為在宗元比五的時候，儀萱一直重複「第五個字」，搞了好幾次才知道第五個字是五，而且宗元還食指往右上滑，表示那個字要唸二聲，然後時間就到了。儀萱猜不出什麼圓什麼什麼吾的，直到老師說是「桃源望斷無尋處」，她才知道是秦觀的〈踏莎行〉，不過這次至少得到兩點。

到了第三題，總算抓到訣竅了。宗元鼓嘴吹氣，儀萱猜到第一個字是風，然後他再做拍肩的動作，儀萱馬上唸出「風情猶拍古人肩」，得到七點。

總分出來，趙悅雪的點數最高，十九點；玲甄很多詞句不會背，可是曄廷比劃得到位，跟林品達同樣拿到十八點。儀萱得到九分，是所有人裡最低的。

「謝謝各位副手。」校長做個手勢，鼓掌請他們下臺，「這項比手劃腳今天是第一次嘗試，效果不錯，很多人在臺下也在猜，下次可以用在唐詩的背誦比賽裡。」

儀萱暗自決定，如果再有這種比賽，千萬不可以找宗元當副手！

「現在進入第二回合。」校長拿出一個像是摸彩箱的東西，「這裡面是一些紙片，上面寫了一個字，每個參賽者要抽出五張紙片，寫出以這個字為首的詞句。句子可長可短，但是一個字得一個點。比如說，我拿到『斜』這個字，如果寫下『杜鵑聲裡斜陽暮』，得不到任何點數；如果我寫『斜陽淚滿』，可以得到四點；但如果我寫出『斜陽只與黃昏近』，就可以得到七點。大家懂了嗎？」

這對儀萱來講不難，不過詞句成千上萬，要好好思考一下才能選出比較長的句子，這樣才能得到比較多點數。儀萱躍躍欲試。

陳老師踩著高跟鞋走到大家的面前，每個人隨機選了五張紙片。儀萱拿回桌前，看到自己拿到的是「水」，「夜」，「明」，「山」，「春」。這些字不難，不過她要想出七個字的。

她想了想，寫下：「水村殘葉舞愁紅」，「夜闌猶剪燈花弄」，「明月樓高休獨倚」，「山映斜陽天接水」，「春風不解禁楊花」。

儀萱是第一個完成的，陳老師收走她的答案看了看，點點頭，在上面寫35點。

黑板上，儀萱的名字底下寫著：9，35。

陳老師陸續在其他人的名字底下寫上數字，儀萱發現自己在這個回合拿到最高分。

參賽者	第一回合	第二回合
趙悅雪	19	27
吳采璘	17	29
張正翔	17	31
林品達	18	30
梁靜雯	10	31
周令鴻	15	32
楊芊	12	24
王穎	16	30
張玲甄	18	25

儀萱看著這些名字，這裡面誰是陰氣靈？還是都不是？陰氣靈會想跟她在背誦比賽一決高下，所以偷偷幫儀萱報名嗎？陰氣靈要是贏了有什麼好處？它應該只想要那五樣靈物吧？

「現在大家都看到十位參賽者目前的點數，再進行最後一回合的比賽前，我們先休息一下，吃個中飯，下午再回來。」校長說。

儀萱剛才的注意力都在比賽上，校長宣布休息後，立刻感覺到飢腸轆轆。她跟宗元一起吃午餐，四周的同學都在談論剛才的比賽。

「我還是猜儀萱會贏！」一個同學說。

「我本來也看好儀萱，不過我覺得儀萱被宗元『深深深』的傷害了。」另一個同學用手指地又雙手划動，誇張的模仿宗元的動作，大家哄笑起來。

「喂！」宗元瞪著他們，但只是讓同學們笑得更大聲。

「好了，不要理他們。」儀萱無奈的搖搖頭。該生氣的人是她吧？「我先去上個廁所。」

儀萱走進女廁把門鎖上。這時兩個女生進來，儀萱隔著門，聽到她們的對話。

「他不是說這次會讓莊儀萱丟臉嗎？不過看起來，莊儀萱很不簡單嘛！」其中一個女生說。儀萱聽不出來那是誰，是她不認識的同學。

「是啊，他說莊儀萱沒有打算報名，八成不會準備，所以偷偷幫她送報名表，她臨時上臺比賽肯定會出糗。沒想到，莊儀萱不弱耶！」另一個女生說。儀萱也不認得她的聲音。

她們口中的「他」是誰？

「這個莊儀萱眞愛現，每年唐詩比賽都贏，眞想看她輸一次也好。」第一個女生不以爲然的說。她打開水龍頭洗手，外頭傳來嘩啦啦的水聲。

「我也覺得！還好那個柳宗元亂比一通，把她的點數拉下來，超好笑的。」第二個女生說，接著兩人一起離開洗手間。

儀萱靜靜待在廁所裡，心情很鬱悶。她喜歡背誦唐詩，也喜歡幫助同學，像宗元之前背不出來，她就非常樂意幫他。她把比賽當成一種挑戰，每次都全力以赴，也藉由比賽讓自己更進步，沒想到這樣也會惹人討厭。

甚至有人偷偷幫她報名，只是爲了想看她沒有準備，在臺上出糗？

儀萱靜下心來思考，剛才那兩個人的對話讓她想到一件事：雖然，她不知道是誰幫她偷偷報名，但是可以證明一點，那個人不是陰氣靈。如果是陰氣靈，它會知道正氣靈在儀萱體內，不需要準備就熟知上萬首詞，陰氣靈不會因爲想看儀萱出糗就這麼做。

不管那個人是誰，都激起她想贏得比賽的決心。如果有人想看她跟宗元的笑話，她就要贏給他們看。

12

「請十位參賽者就座。現在準備進行最後一回合的比賽。」校長摸摸他的禿頭，微笑著說。

儀萱和其他參賽者坐下，靜靜聽校長講述比賽規則。

「第三回合有三道題目。」校長說，「每道題目有一個主題，由陳老師來公布，然後你們要寫出有那個主題的詞句。比如說，跟頭髮有關的詞句，你們會想到什麼？」

大家不約而同的說：「怒髮衝冠！」

校長很滿意的點點頭，「不錯！就是這個意思。不過『怒髮衝冠』只有四個字，只能得四點，如果可以唸出『將軍白髮征夫淚』就可以得到七點，懂了嗎？好，現在請陳老師出題。」

「接下來我會唸出主題，你們想到詞句後，用桌上的紙條寫下來，貼到後面黑板上，速度最快的可以再加兩點。」陳老師說完戲劇性的看向大家，清了清喉嚨後說：「第一題，請寫出有雨的詞句。」

儀萱第一個寫完，把紙條貼到黑板上自己的名字下方，之後陸續有人完成。陳老師依序唸出大家的答案。

「莊儀萱，『對瀟瀟暮雨撒江天』。不錯，出自柳永的〈八聲甘州〉，這裡有八個字，很聰明，得到八點。另外，因爲她是第一個寫完的，所以再加兩點。」

大家竊竊私語，有人讚嘆，也有人不屑。儀萱直視前方，不理會臺下的人群。

「趙悅雪，『也無風雨也無晴』，七點。」陳老師唸出來，然後再走到下一個參賽者面前，「吳采璘，『少年聽雨歌樓上，而今聽雨僧廬下』。呃……」

「這樣有十四點，對不對？」吳采璘搶先發言，「這兩句詞來自同一首詞，而且都有雨在裡面！」

「校長沒有說可以用兩句詞，不然我也可以找到更多有雨的句子！」趙悅雪不高興的抗議，不過儀萱的想法跟她一樣，其他幾個參賽者紛紛附和。

「可是校長跟老師也沒有說不可以啊！」吳采璘也不甘示弱。

「不要吵了！」校長站出來，「這點是我的疏忽，我沒有想到有同學會寫兩句詞。這是學校第一次辦宋詞比賽，一定會有遺漏的地方。那麼，這題吳采璘可以得十四點，之後每個主題以一句詞爲限，除非另外說明。」

儀萱還是覺得不公平，要她寫有雨的詞句，她隨便都可以寫出好幾十句，只是自己沒想到要去鑽規則的漏洞。但校長都決定了，她也不好再說什麼。

之後幾個參賽者，包括玲甄，寫了「瀟瀟雨歇」，只得四分；還有人把「又恐瓊樓玉宇」寫成「又恐瓊樓玉雨」，當然一分也沒有。

「第二題，規則相同，寫出和主題有關的一句詞，也是一個字一個點數，最快的一樣可以加兩點。這次請寫出有『花』這個字的詞句，一句詞就好喔！」陳老師再三提醒。

儀萱寫了「春花秋月何時了」，她第一個站起來，但是吳采璘也馬上站起來，搶先一步跑到黑板前。

吳采璘寫了「玉人和月摘梅花」，得了九點。

儀萱看向其他人，也有人寫「春花秋月何時了」，還有「落花都上燕巢泥」、「人比黃花瘦」等等，大約是五到七點之間。

陳老師在黑板上寫下每個人的點數，之前比手劃腳落後太多，但是儀萱後來居上，漸漸把點數追了上來。她等著最後一道題。

「啊，想不到，這麼快就到最後一題了。」校長用感嘆的語氣說，不知道的人還以為他辦完這次比賽就要退休一樣，「這次由我親自出題。我要你們完整的寫出一首宋詞，字數愈多，得到的點數也愈多。但是，這首詞裡一定要提到某種動物，任何動物都可以，不管是鳥、馬、貓、狗，一種動物加五點。

「詞牌名不算，不要以爲選了〈鷓鴣天〉、〈駐馬聽〉、〈蝶戀花〉之類的就可以另外加五點。」校長補充，幾個舉手提問的人一聽便把手放下。

「而且還要注意，有些用詞看起來是動物，可是事實上不是，那也不算。比如說，『春去也，銀蟾迴，無情圓又缺』，那個銀蟾講的是月亮，不是蟾蜍。還有其他問題嗎？」

「如果有人寫『千軍萬馬』，那是算五點還是五萬點？」張正翔問。

「我們算動物的種類，不算個數，所以那樣算五點。」校長解釋。

「第一個寫完的也有加點數嗎？」吳采璘問。

「這次我要你們好好的想，好好的作答，不要趕，所以不另外加分。」校長說。「沒有問題的話，我再給你們一分鐘，好好想想哪些詞有動物在裡面，又可以完整寫出來的。」

校長看著手上的碼表，所有人屏息等待。

「開始作答！」

大家低頭猛寫，儀萱從容不迫的寫下她想到的詞。

「好，我看大家都寫好了，把紙拿上來。」幾分鐘後，校長說。

大家先後把紙交給校長，儀萱是最後一個交出去的。

「我們把這些紙都放到黑板上，大家一起來看參賽者寫的內容。」校長把所有人寫的詞一字排開。

「我們先看張正翔的，這是秦觀的〈踏莎行〉。

「『霧濕樓臺，月迷津渡，桃源望斷無尋處。可堪孤館閉春寒，杜鵑聲裡斜陽暮。　驛寄梅花，魚傳尺素，砌成此恨無重數，郴江幸自遶郴山，爲誰留下瀟湘去？』一共五十八個字，裡面寫到杜鵑鳥和魚，加十點。不錯，這樣有六十八點。」

大家一片掌聲。

「下一個，林品達。這是周邦彥的〈浣溪沙〉。

「『樓上晴天碧四垂，樓前芳草接天涯。勸君莫上最高梯。　新筍已成堂下竹，落花都上燕巢泥，忍聽林表杜鵑啼。』一共四十二個字，不過裡面有提到燕跟杜鵑鳥，兩種動物，加十點，總共五十二點。」

校長一一唸出詞句，計算字數報出點數。儀萱仔細聽著，一直到吳采璘，她排在儀萱前面一個。

「吳采璘，她寫的是張先的〈一叢花〉。

「『傷高懷遠幾時窮？無物似情濃。離愁正引千絲亂，更東陌、飛絮濛濛。嘶騎漸遙，征塵不斷，何處認郎蹤？　雙鴛池沼水溶溶，南北小橈通。梯橫畫閣黃昏後，又還是、斜月簾櫳。沉恨細思，不如桃杏，猶解嫁東風。』

「這裡一共有七十八個字，裡面提到嘶騎，那是馬的意思，還有鴛鴦，所以總共拿到八十八點。」

大家一片掌聲，然而，當儀萱聽到老師唸出的詞時，她整個愣住了。

不是因為吳采璘選的〈一叢花〉是目前最高的點數，而是老師唸出來的內容。對啊，她怎麼沒想到？就是這首了！

她心神不定，想快點離開這裡，不過她馬上想到，陰氣靈也在這裡，不能讓它發現自己找到線索。她深呼吸，定下心，強迫自己聽完校長唸出自己的詞。

「最後一張是莊儀萱的，這是辛棄疾的〈賀新郎〉。

「『綠樹聽鵜鴃，更那堪、鷓鴣聲住，杜鵑聲切。啼到春歸無尋處，苦恨芳菲都歇。算未抵、人間離別。馬上琵琶關塞黑，更長門、翠輦辭金闕。看燕燕，送歸妾。　將軍百戰聲名裂，向河梁、回頭萬里，故人長絕。易水蕭蕭西風冷，滿座衣冠似雪。正壯士、悲歌未徹。啼鳥還知如許恨，料不啼清淚長啼血。誰共我，醉明月？』

「一共一百一十六個字，裡面有鵜鴂、鷓鴣、杜鵑、馬、燕子，五種動物，所以總共是一百四十一點。」

「哇！」臺下一片歡呼聲，儀萱最後這題拿到超高點數。

最後老師結算成績，儀萱以兩百零二點遠遠超過第二名吳采璘的一百五十七點。大家歡呼鼓掌，恭喜儀萱再度拿到第一名。

儀萱從校長手中接下獎品和獎狀，她看采璘在一旁很不高興的樣子，卻很想上去抱她說謝謝。

「嘿，你又得了第一名！」放學時，宗元走過來恭喜儀萱。

「嗯。」儀萱不置可否。

「我知道，你是詞靈，要贏不難，」宗元看看四周，壓低聲音小聲說，「可是也用不著這麼清高的表情吧！」

「我是眞的不想參加比賽，我發現是有人偷偷替我報名，而且那個人是故意要看我出糗。不過這些都不重要，因為我在比賽過程中，發現一件比贏得比賽更重要的事。」

「什麼事？你說有人想看你出糗？什麼意思？」宗元問。

「先到我家，我路上再告訴你。」儀萱說。

他們一起到儀萱家，儀萱跟媽媽說要跟宗元一起做功課，兩個人便躲進房間。

「吳采璘選的那首〈一叢花〉，裡面有我要找的暗塵。」儀萱翻開詞選，指出詞句，「『征塵不斷，何處認郎蹤』。不錯，被馬蹄揚起的塵土四處飛揚，讓你看不見人的蹤影，這塵土的能量加上陰氣靈的力量，的確可以阻擋你們找到娥兒的蹤跡。」宗元說。

「是的，我去過那首詞，那裡的塵土和我在〈青玉案〉裡看到的一樣，又黑又細。」儀萱說，「你在這裡等我，我進去拿一些塵土，然後去〈青玉案〉。」

「我跟你去！」

「不，太危險了。現在曹澧還被困在黑暗裡呢！」

「我不是曹澧，隨時可以回來，而且既然曹澧跟娥兒有危險，你多一個人幫忙不是比較安全嗎？」

儀萱想想覺得有理，便讓宗元背了這兩首詞，之後一起進入〈一叢花〉。

他們向東方走，來到一片田野，柳絮滿天飛舞。接著，他們聽到馬匹向遠方奔去的嘶鳴聲，循著聲音，果然看到一片飛揚的塵土。

儀萱用手抓了一把塵土，緊緊的握在手心，接著便帶宗元來到〈青玉案〉。

宗元第一次來到〈青玉案〉，看到滿街綴滿各色的花燈，興奮不已。

儀萱從懷裡拿出魚形香包，運氣施法，把手裡的黑色塵土細細撒在香包上。

「好了，我們往這邊走。」儀萱拉著宗元，往燈火闌珊處走去，一會兒後兩人便身陷黑暗中。

「這裡好黑啊！」宗元的聲音顫抖。雖然他聽過儀萱的描述，還是感到害怕。

「這些細塵被陰氣靈施法，你要運氣抵抗。」儀萱沉聲說。

宗元照著儀萱所說運氣，總算好多了。

儀萱拿出香包，像上回那樣放在手心，施法將體內的能量傳到香包上。接著，一道煙氣從魚嘴冒出，「午香吹暗塵」，只見煙氣劃過的地方，細塵開始消散，四周不再陷入無邊無盡的黑暗。

「那裡有人！」宗元大喊。儀萱循著宗元指的方向往前奔去，看見曹澧躺在地上，昏迷不醒。

儀萱將他扶起來，解開他身上的穴道，又輸入一些真氣，曹澧總算漸漸醒轉過來。

「這是柳宗元。」儀萱幫曹澧介紹。

「子厚原來如此少年英姿。」曹澧滿臉景仰，「今日有幸一見，是在下的榮幸啊！」

「他不是唐朝文人柳宗元，他是我的同學。」儀萱懶得解釋，「他是來幫我們找娥兒的。」

「Hey, nice to meet you too!」宗元看這個男子一副文縐縐的模樣，故意逗他。只見曹澧瞪大眼睛嘴巴，不知道怎麼回應。

「他說的是蠻夷語，不要理他。」儀萱翻翻白眼，不過曹澧一聽似乎更加欽佩。

儀萱著急的往前走去，曹澧快步跟上，宗元也四處張望，一起幫忙尋找娥兒。

他們走了一會兒，又遇上一團更大的黑塵，儀萱手執香包向前一揚，黑暗慢慢散去，眼前出現一個女子身影。

「娥兒是你嗎？我是曹澧！」

黑塵散去後，他們看見前方那名女子頭戴蛾型金釵，豆大的汗珠從額頭上冒出來，滿臉痛苦的模樣。更讓人吃驚的是，她整個人懸空而立，好像被一條無形的絲線吊住，胸口處還有一團炙火不停燃燒。

「救我！」娥兒虛弱的呻吟，「這火好燙！好燙！」

「娥兒！」曹澧大喊。儀萱還來不及阻止他，曹澧便衝了過去，要把娥兒拉下來，可是他一碰到娥兒的腳，就哀叫一聲，灼傷的手指不停冒煙，整個人倒在地上。

宗元趕快上前把曹澧攙扶起來，他也感到娥兒周圍那一股熱氣。看來，娥兒全身充滿炙熱的能量。

儀萱看著娥兒難受的模樣，心裡一樣煎熬。

「你怎麼會困在這裡？」

「你是詞靈嗎？」娥兒勉強睜開眼睛，看向儀萱。

儀萱點點頭，「是的，之前詞靈形體裡的正氣靈跟陰氣靈分開了，我是正氣靈。」

「你告訴過我，」娥兒虛弱的說，「說陰氣靈有一些狠毒的計劃，你……你要想辦法應對。它在燈火闌珊處找到我，把我吊起來，還用火燒我。」

「我給你的香包，也被它拿走了嗎？」曹澧問。

娥兒無力的點點頭。

「它長什麼樣子？」宗元問。

「我沒看到。它把自己的面孔藏起來。」娥兒說。

「我必須要找到它拿走的五樣靈物，才能恢復法力對付它。」

「是。陰氣靈說……說我身上有正氣靈……要的東西。」娥兒說。

儀萱看著娥兒胸前那團火，臉色大變。

「這火，『那人卻在燈火闌珊處』，陰氣靈的火靈物，在娥兒的身上。」儀萱痛苦的說。

宗元大驚。「那我們快點救她啊！幫她把火拿掉，你也可以拿到火靈物不是嗎？」

「『那人卻在燈火闌珊處』，娥兒在燈火處等著曹澧，而陰氣靈取了燈火的能量製成黑凝珠，爲了不讓我拿到，它把燈火放進娥兒的胸口，而且施法讓燈火的能量跟娥兒合爲一體，如果我隨便拿出火靈物的能量，娥兒很可能會死！」儀萱沉痛的說。

「不！」曹澧大喊，「她不可以死！」

「可是不拿火靈物，娥兒只會繼續遭受無窮無盡的火燒之苦。」宗元說。

「把火拿走吧！」娥兒哀求，「你需要火靈物打敗陰氣靈，這樣也可以讓我……讓我從苦海中解脫！」

「不，一定有其他辦法的。你是詞靈，一定有辦法的！」曹澧哀求著儀萱。

儀萱走近娥兒，感覺到火焰的能量，她運氣用手碰觸娥兒的身體，只覺得那股熱氣非常霸道，已經侵害全身，如果硬把火靈物取走，只會讓娥兒失去能量而灰飛煙滅。

「我必須承認，我現在的法力不夠，暫時無法破解。」儀萱痛苦的搖搖頭。

「如果一時破不了，」宗元提議，「那有沒有辦法降溫？至少可以讓她舒服一些？」

「這主意甚好。」曹澧感激的看著宗元。

「娥兒，你忍著點，我去別的詞裡找降溫的東西，很快就回來。」儀萱給她打氣。

「你們去吧，我要在這裡守著她。」曹澧痴情的說。

「好。」儀萱知道此時無法勉強他離開，「這魚香包你拿著，我們會回來的。」

「對了，蘇軾的〈念奴嬌〉怎麼樣？『捲起千堆雪』，雪可是很冷的！」宗元想起第一次進入〈江雪〉，那些雪凍得他差點失去知覺。

「不行，那是在講江裡的波浪非常猛烈，打起的浪頭像是雪一樣的白，並沒有眞的雪。」儀萱搖搖頭。

不過她想到之前引陰氣靈出現的〈甘草子〉。

亂撒衰荷，顆顆珍珠雨，雨過月華生，冷徹鴛鴦浦。

這首詞裡描寫晚秋的雨，像珍珠那麼大顆，又冰又冷，還可以「冷徹鴛鴦浦」。

儀萱跟宗元分工，宗元進入蘇軾的〈江城子〉，取了「錦帽貂裘」，她則是前往〈甘草子〉，帶回那裡的秋天雨水，兩人再一起到〈青玉案〉會合。宗元先給曹澧披上錦帽貂裘，然後儀萱施法，讓秋雨到處撒下。

娥兒胸口的火勢不減，不過看她的表情，被炙火灼燒的痛苦似乎舒緩了一些。

「謝謝你們。」曹澧裹著裘衣，身體微微發抖。

「這只能緩和熱氣，不能治本，我們還會回來的。」儀萱說，「你還是要在這裡陪她？」

曹澧點點頭。儀萱依依不捨的看了娥兒一眼，跟宗元一起離開〈青玉案〉。

宗元回到家後，拿起手機，把剛才在〈青玉案〉中的經過用簡訊傳給陰氣靈。

「好，不錯，你什麼都來跟我報告。

我就知道可以信任你。」

「儀萱破解了暗塵，

應該會很快就會破解娥兒身上的法力吧？」

「放心。正氣靈自命清高，絕不會犧牲娥兒去拿火靈物。可以讓她看到心愛的人受苦也好！」

「真的除了你，就沒別的辦法了嗎？」

「沒有。」

「那就好。對了，宋詞比賽的時候，你也在場嗎？」

「當然。」

「是你幫儀萱偷偷報名的？」

「不，不是我，她的輸贏跟我無關。而且她是詞靈，要贏這種比賽太容易了！你的比手劃腳也只能拉低一點分數。」

「你當時也在臺上比賽？」

「我說過，等你幫我找到其他的靈物，我自然會讓你知道我是誰。你也會得到更多的法力。」

「現在儀萱愈來愈信任我，讓我參與更多詞境的事，我相信要不了多久，她就會跟我說其他靈物的下落了。」

「好，等你的消息！」

跟陰氣靈聊完後，宗元拿著手機，想了一會兒，決定打電話給儀萱。

「喂！」儀萱的聲音聽起來有點疲憊。

「是我，你回家後有沒有找到什麼好方法？」

「沒有。」

宗元聽到電話那頭微微的嘆息。

「要拿到這些靈物眞不容易啊！」宗元說，「你的呢？陰氣靈得到兩個靈物，剩下的還安全嗎？」

「安全啊，你幹嘛問這個？」

「想幫你分擔一下啊。我很高興可以去〈青玉案〉幫忙。」

「謝謝，有你在我也比較安心。」儀萱眞誠的說。

「我很高興我們不再冷戰了。我只是希望你知道，你可以信任我，我會儘量幫你的。」宗元說。

「你幹嘛突然講這些感性的話啊，有點噁心耶！」儀萱開玩笑轉移話題，「對了，這週末是以丞出院的驚喜派對，你會去嗎？」

「會啊，要不要一起去？」宗元問。

「好。」

13

雖然以丞已經出院了，可是醫生說暫時還不能游泳，所以這次的派對選在大樓的娛樂室舉行。娛樂室裡有桌球、撞球、跑步機、投籃機、射飛鏢等，還有視聽設備，器材十分齊全。早上，趁趙伯伯帶以丞去複診，同學們在娛樂室裡幫忙趙媽媽佈置，繫上好多氣球和彩帶，桌上也擺滿食物。今天來的人比上次生日會更多，大家都很高興以丞恢復健康。儀萱看到曄廷也來了，對他微笑。

大家準備得差不多時，對講機響起三聲急促的嘟嘟聲，那是他們的暗號。

「以丞跟他爸爸回來了！」趙媽媽喊著。

大家站到門邊，拿出手機，等著拍下以丞的表情。

「歡迎回家！」門打開時，大家興奮的大喊。以丞兩隻眼睛睜得大大的，一時反應不過來，過了一會兒才靦腆的笑著。

「恭喜你出院！」吳采璘率先上前，遞上一個小禮物，「這是給你的。」

「謝謝。」以丞開心的說。大家不停用手機記錄這個溫馨的時刻。

「住院住這麼久，都不用上課，很爽吼！」一個游泳校隊的男生過去搥了一下以丞的肩膀。

「爽個頭啦，我昏迷不醒，頭上還留疤耶！」以丞的語氣似乎有些驕傲，「這個疤比你上次吃冰淇淋留下的疤長多了！」

「吃冰淇淋會留疤？」大家轉頭，好奇的看著那個男生。

「不是啦，我一時找不到吃冰淇淋的湯匙，剛好看到桌上有一把塑膠小刀，想說拿來用，誰知道冰淇淋又冰又硬，我一用力塑膠小刀就斷成兩半，彈起來劃到我的手臂。」男生臉紅脖子粗的解釋，「誰知道塑膠小刀這麼利！」

大家哄然大笑，都圍過去看他的手臂。

「喂，我頭上的疤比較長，而且我還昏迷住院耶！」以丞的語氣好像自己是英雄一樣。

笑鬧中，有人拍了拍儀萱肩膀，把她拉到一旁。

「我有一張畫要給你。」曄廷看著她，臉上帶著微笑。

儀萱從他手上接過一張紙，本來以爲會是那張〈蘇幕遮〉的完成圖，不過她打開一看，裡面是一個女孩，是儀萱的畫像。

這是一張鉛筆素描，畫裡的儀萱眼睛看向遠方，好像很認真的在想什麼事，她的瀏海整齊的蓋在額前，長長的秀髮在鉛筆的線條下顯得滑順光亮。曄廷把人物的表情抓得非常到位，儀萱心裡讚嘆。

那幅畫的右上角寫了幾個字：「我不需要看著你。」

「我不需要看著你。」有人把它唸出來，儀萱抬頭一看，是宗元，曄廷不知道什麼時候走掉了。

「那是什麼意思？誰畫的？」宗元問。

「顧曄廷畫的，我也不知道什麼意思……」儀萱才說完就想起來了。那時候，她跟玲甄去看他在樹下畫畫時，曄廷曾說：「我每天來學校都會看到這棵樹，我不需要看著它，樹就已經在我的心裡了，我要畫的是我心裡的樹。」

這句話的意思，是要把「樹」換成「儀萱」。

她臉上一紅。

「怎麼了？」宗元狐疑的看著她。

「沒事。」儀萱說，她把畫捲起來收好，「我想問以丞一些問題，可是那個吳采璘一直跟著他，你去幫我把她支開好不好？」

「你想問他陰氣靈的事？」宗元小聲問。

「是啊。陰氣靈利用他，應該會在他體內留下一些痕跡，我想看看他記得多少。」

「好，我去找采璘，她好像喜歡以丞。」宗元說。

儀萱想到曄廷說以丞喜歡的人是自己，她臉又紅了。宗元一臉疑惑的看著她，儀萱趕快站起來，走去拿飲料。

儀萱手捧著杯子，看到宗元拉著采璘去射飛鏢，當她轉過身要去找以丞時，以丞竟然站在她面前。

「恭喜你出院！」儀萱說。

「謝謝。」以丞抓抓頭。

「頭還會不會痛？」

「不會了，只是這裡有一道疤。」他指著右耳後方。

男生好像很愛用疤來論英雄，儀萱用力眨眼睛，很怕不小心露出太多白眼。

「你重重摔了一跤，難怪疤那麼長。」儀萱順著他的口氣說，「你記不記得怎麼會跌倒？」

「校長是說，」以丞的表情顯得很迷惑，「我在跟你講話，舊操場有很多雜物，我一不小心失去重心，才會跌倒的。」

原來校長是這樣說的，這樣兩方都不得罪，難怪事情不了了之。

「那，你自己都不記得了嗎？」儀萱小心翼翼的問。

「我……不記得了。」以丞的口氣有點退縮，「可能是撞到頭的關係吧！」

儀萱感覺他態度保留，有些話沒說出口。

「以丞，你當時，有沒有覺得你被……」儀萱本來想講控制兩個字，可是又怕太直接，於是換個說法，「你那時候有沒有一點頭暈，像是作夢的感覺？」

「對對對！」以丞眼睛一亮，「你描述得很準耶！」

「因爲，我……」儀萱靈機一動，把聲音放小，「我懂一點點通靈。」

其實她也不算撒謊，她是正氣靈，又擁有部分法力，和詞境相通，也算另類的「通靈」了。

「眞的假的？」以丞瞇著眼看她，似乎不太相信。

「把手給我。」

以丞半信半疑的伸出手，儀萱握住他的手，瞇起眼睛，深呼吸幾次。「你是不是作過一個夢，夢到一個金鳥籠，裡面有一隻鸚鵡？你在夢裡很生氣，還大聲罵人？」

「你好神啊！」以丞瞪大眼睛看著儀萱，「我真的作過這個夢耶。當時是我，可是又不是我，而是另外一個人……啊，算了，你一定不知道我在講什麼。」

「我知道。」儀萱真誠的說，「你是你，但是你的內在好像是另外一個人對不對？」

「你相信我的話？」以丞很驚訝。

「我說過，我懂一點點通靈，」儀萱說，「你可以感覺出，另外一個人是誰嗎？你那時候，是不是覺得有一道黑影壓迫著你？有時候不知道自己做了什麼事，去了哪裡？」

「嗯，我覺得好像……好像有人在影響我，要我說什麼、做什麼，但我不知道他是誰。難道真的有這樣一個人？」以丞愈說愈害怕，「它想對我怎麼樣？我該怎麼辦？」

「這很難說。」儀萱打算不告訴他太多，如果以丞知道自己被陰氣靈控制，可能會嚇個半死。於是她換個方向。「我需要知道更多的資訊才曉得怎麼辦，除了鸚鵡的夢，你還有夢過什麼，或是看見什麼特別的影像嗎？」

「都很模糊耶！」

「沒關係，想到什麼說什麼。」儀萱鼓勵他。

「嗯，除了鸚鵡、金鳥籠，還有紅紅的蠟燭、元宵節、花燈、柳樹。」以丞努力的回想，「酒、馬車、白髮的男人、江水、枕頭……」

以丞講得很凌亂，不過儀萱可以猜出，元宵節、花燈、馬車，這三樣東西是〈青玉案〉，也就是陰氣靈藏火靈物的地方。柳樹跟江水是〈踏莎行〉，是她之前已經找到的水靈物。剩下的，一定跟其他三樣靈物有關。

「還有別的嗎？」儀萱問。

「嗯……還有一次我看到……」以丞的話還沒說完，趙媽媽便走過來。

「以丞，要切蛋糕了，儀萱一起來吃。」趙媽媽和藹的說。

「好。」儀萱說。

以丞被叫去切蛋糕、拆禮物，後來幾個游泳隊的男生找他打桌球，儀萱原本想找機會繼續問他，可是玲甄跟了過來，拜託儀萱跟她一起看曄廷打撞球。等到曄廷打完，玲甄跑去跟他聊天，儀萱才有空去找以丞。

她在幾個遊戲臺前沒看到他，想先去上廁所，卻在大樓的轉角聽到有人講話。是采璘跟以丞。她不想偷聽別人講話，正要轉身離開時，聽到自己的名字。

「儀萱眞不簡單，又得到第一名。」以丞的口氣很開心，采璘卻很勉強，「是啊。」

「聽說她本來沒有要報名的，不知道是誰幫她報名的。」以丞眞誠的說，「我眞的要好好謝謝這個人。被我知道，我一定要用力抱他一下，哈哈！」

「眞的？」采璘聲音帶著期待，「我偷偷告訴你，其實，是我幫儀萱報名的。」

原來是采璘！儀萱恍然大悟。難怪在比賽前，采璘問她不是沒有報名時，臉上有股等著看好戲的表情。當時儀萱只是不想理她，並沒有想太多。

「是你？為什麼？」以丞口氣充滿驚訝。

「因為，」采璘遲疑了一下，換成一種甜美的語氣，「我跟你一樣，覺得儀萱實力那麼好，為什麼不參加比賽呢？這樣多可惜啊，所以就順手幫忙了。」

這人也太噁心、太假惺惺了！明明采璘是想看好戲才幫她報名的，這麼做已經夠卑鄙了，現在為了討好以丞，她居然可以換套說詞，把功勞攬在自己身上。

不過話又說回來，若是采璘沒有幫她報名，沒有寫出張先的〈一叢花〉，她也不會找到那個「征塵」。采璘想害她，同時也幫了她，儀萱忍不住苦笑。相生相剋，相剋相生，五行是這樣，人世間的因果也是這樣。

儀萱沒有繼續待在那裡看以丞有沒有抱采璘，她放棄上廁所，先去找宗元。

「白髮男人、枕頭、酒、紅蠟燭。」宗元把這些線索寫下來。儀萱跟宗元離開以丞的派對後，一起回到儀萱家。

「你找過詩魂的魂氣，對這些線索應該比較有感覺。」儀萱說。

「可是這五個線索藏在三首詞裡。」宗元說，「可能一個線索一首詞，或是兩個線索一首詞，可能白髮男人跟枕頭是指同一首，也可能白髮男人跟紅蠟燭是一首，也有可能是白髮男人、酒、枕頭同一首，排列組合起來，很多可能耶！」

「不只五個，那時候以丞的話沒說完，我還要再找時間問他。」儀萱說，「我們先想想，這幾個線索可以找到哪些詞。」

「白髮男人……」宗元沉吟，「對了，校長在比賽時，不是有用頭髮作例子？」

「嗯，范仲淹的〈漁家傲〉，『將軍白髮征夫淚』。」儀萱說，「我進去看看。」

塞下秋來風景異，衡陽雁去無留意。四面邊聲連角起，千嶂裡，長煙落日孤城閉。

濁酒一杯家萬里，燕然未勒歸無計。羌管悠悠霜滿地，人不寐，將軍白髮征夫淚。

儀萱剛唸完整首詞就聽到號角聲響，眼前是塞外風景，夕陽西下，一縷荒煙燃起，座落在邊塞的孤城城門緊閉。

「『羌管悠悠霜滿地』，這首會不會是有土靈物的詞？」儀萱循著羌笛悠揚的聲音，來到一處曠野，秋天的晚霜已經佈滿土地，儀萱撥開白霜，雙掌對著地面，吸取泥土的能量。

不是，這裡沒有土靈物。儀萱回到房間。

「我剛剛翻到辛棄疾的〈清平樂〉，『白髮誰家翁媼』？」宗元問。

儀萱進去探探，不是。

「黃庭堅的〈鷓鴣天〉，『黃花白髮相牽挽』？」宗元又找到一首有白髮的詞。

儀萱再進去，不是。後來宗元找出幾首有白髮的詞，也都不是。

她眞希望可以像宗元當時尋找魂氣那樣，在唸出詞句時感應到是不是那首詞，不用每次親自去試。這麼做不僅花時間，也耗體力。

「好累啊。」儀萱倚著沙發，猛打呵欠。

「先休息一下吧。」宗元說，「這些線索可能不是表面上的意思，更何況，以丞是無意中得到這些影像的，他對影像的詮釋或許跟原來的有出入。」

「什麼意思？」

「說不定，所謂的白髮男人，是一個男人走在雪地裡，滿頭都是白雪，然後他看成白髮男人。我只是隨便舉例。」宗元說。

「嗯，有道理，只是這樣一來，範圍又拉大了。呵……」儀萱又打了個呵欠。

「看你這麼累，我們明天再找好了。」宗元說。

「好吧！」儀萱迷迷糊糊的說再見，便癱在沙發上睡著了。

14

儀萱是被手機鈴聲吵醒的。她醒來一看發現已經很晚了，睡在沙發上並不舒服，媽媽竟然沒叫她，不過也有可能是她睡死，媽媽叫不起來。

「喂。」儀萱聲音朦朧。

「喂，你在睡覺啊？」是以丞。

「剛剛在沙發上睡了一輪。」儀萱揉揉眼睛。

「現在要去睡第二輪？」

「還沒，還沒。」儀萱想起以丞之前說了一半的話，她想知道他還看到什麼。

「我是想跟你說，那天在舊操場，是那個力量控制我，我才會攻擊你的，釆璘一直說是你攻擊我，害你被同學誤會了，對不起。」

「沒關係，都過去了。」儀萱聳聳肩，「你說的那個力量，還有再回來嗎？」

「我從醫院醒來後，就沒再發生過了。」

「那就好。」儀萱鬆了一口氣，「對了，你今天說到一半被打斷了，你看到什麼？」

「我不記得了耶，」以丞不好意思的說，「對不起……」

「沒關係。」

「等等，我想起來了，有一次我看到一個女的在梳頭，好詭異喔。」

會是陰氣靈嗎？儀萱猜測。

「你認得那個女子嗎？」

「不認識，她是古代人。長長的頭髮像鬼一樣。」

「這女子常常出現嗎？」

「就一次。」以丞的聲音有些害怕，「她就是控制我的人嗎？」

「應該不是。」儀萱說，「如果那個奇怪的感覺都沒再出現，你應該就沒事了，要是之後有什麼異狀你再告訴我。」

「好，謝謝你相信我。我很怕別人以爲我頭腦有問題。」

「我當然相信你。放心，你不會有事的。」儀萱說。

「那我先去睡了。晚安。」以丞說。

「晚安，明天見。」

儀萱掛上電話後心想：那個梳妝女子也一定是某個靈物的線索。她沒有馬上去睡，而是打開簡訊，按下宗元的名字。

「你睡了嗎？我又找到一個線索了。」

「還沒，什麼線索？」

「以丞說他看到一個古代女子在梳頭。」

「有讓你想到什麼嗎？」

「暫時沒有。」

「所以你目前只找到陰氣靈的一個靈物？」

「兩個。
我知道火靈物在哪，但是拿不到。」
「哈，那只能算一個半。
陰氣靈現在找到幾個靈物了？」
「兩個，土靈物跟木靈物。」
「所以剩下水靈物、火靈物，跟金靈物。
「如果我是你，我的水靈物會用蘇軾的〈念奴嬌〉。」
「為什麼？」
「『大江東去，浪濤盡，千古風流人物』。
聽起來氣勢磅礡，能量超大的。」

「你講的沒錯，
不過我當初不是選這首。」

「那你選那首？」

「是吳文英的〈瑞鶴仙〉。」

「沒聽過。」

「『流紅千浪，缺月孤樓，總難留燕』，
是一首對伊人無限柔情相思的詞。」

「嗯嗯！」

「落花隨著江水流去，

在一彎殘月的寂靜夜晚，
只有一座孤寂的閣樓矗立，
連燕子都飛去，挽留不住。」

「……」

「睡著了？」

「沒有，我只是以為我在跟陳老師講話。」

「哈哈！」

「不過我要是真的跟陳老師講話的話，
應該早就睡著了。」

「哈，好啦，你快去睡吧！」

「好，晚安！」

宗元知道儀萱的水靈物在哪了，他迫不及待的傳簡訊給陰氣靈。

「你睡了嗎？」

「還沒有，你有新的消息嗎？」

「我從儀萱那套出水靈物的消息了。」

「在哪？」

「吳文英的〈瑞鶴仙〉。」

「你確定？」

宗元不多說，把他和儀萱的對話截圖給它看。

「『流紅千浪』，好，我現在就去。」

「有什麼結果要告訴我。」

宗元等了等，沒有回應，陰氣靈應該進入詞境裡了。宗元有點緊張，希望自己沒有搞砸。

「我拿到水靈物了，幹得好！」

「恭喜啊！我就說儀萱愈來愈信任我了。」

「我現在拿到木靈物、水靈物、土靈物，還剩兩個就完成了。」

「放心，都包在我身上。」

「好，我相信你。」

「那你說好要給我的好處呢？」

「等我拿到所有的靈物，自然會給你一些法力。」

「一物換一物，你要我繼續幫你，總不能什麼都不給。」

「那你想要什麼？
我現在法力沒有完全恢復，
是沒辦法給你任何法力的。」

「不然，告訴我你是誰？」

「這也不行。
時間到你自然會知道。」

「你阿莎力一點好不好？
我幫你做事也沒這麼推三阻四。
不然這樣，你告訴我，該怎麼樣讓娥兒舒服一點。」

「你要知道這個幹嘛？
難不成你也被那個姑娘迷惑了？」

「我沒有要救她，救了她儀萱就拿到火靈物了。我只是看她可憐，那麼痛苦。而且，我這麼做也是替你著想！」

「怎麼說？」

「你可能不知道，娥兒一心求死，好犧牲自己成全正氣靈。」

「怎麼可能？怎麼有人做這種事？」

「哈，你是陰氣靈，當然不懂這樣的情操。人都有求生的本能，可是當身體太過痛苦，又知道自己的死可以讓正氣靈拿到火靈物對付你，她當然有可能自盡。」

「她眞的會這麼做？」

「我親耳聽到她這麼說。所以我才想，如果你有辦法減輕她的痛苦，讓她願意撐下去，正氣靈才不能順利拿到火靈物。你說是不是？」

「你說的有理。好，你等我一下，我拿個東西給你。」

宗元在等待時，心中揣測，陰氣靈到現在都不肯現身，它會用什麼方式拿東西給他？它要和他見面嗎？難不成用宅配的？

「好了。下次你去〈青玉案〉，

記得去拿那個玉壺，玉壺裡有水，

可以讓娥兒好過一點。」

「好。其實我幫你做這件事，

你就不用擔心被人認出來，

我還可以在儀萱面前爭取更多信任，

你該感謝我才是。」

「我說過，拿到全部的靈物，

我自然會好好謝你。」

儀萱兩側的腰部一陣劇痛，腎屬水，她知道陰氣靈拿走水靈物了。她深呼吸一口氣，等待痛楚過去。

陰氣靈拿到三個靈物了。她皺眉心想。自己只拿到一個水靈物，火靈物在娥兒身上，一時破解不了，然後還有以丞告訴她的一些線索：白髮男人、枕頭、酒、紅蠟燭、梳頭女子，這些都跟其他靈物有關。

雖然她用〈甘草子〉的雨水舒緩娥兒身上的炙火，不過曹澧說效果不好，維持不了多久，她得儘快找到解方。另外三個靈物更要加快腳步，不僅她需要恢復詞靈的法力，形體被陰氣靈霸占的那個人，精力也逐漸消耗，隨時都有危險。

15

今天是宋詞欣賞賽繪畫組的比賽日。當陳老師要參賽者去集合時，儀萱遲疑了一下，她當然沒有報名，不過不知道采璘會不會幫她報名。

「沒有你的名字。」陳老師搖搖頭，疑惑的看了儀萱一眼，「怎麼連自己有沒有報名都不記得？」

「喔，因爲……」儀萱一時講不出個所以然，指指教室外面，「我先去禮堂了！」

儀萱趕快跑走，慶幸老師沒多問。她本來就不擅長畫畫，要把詞的意境畫出來，難度太高了。

今天的比賽在禮堂進行，這是學校第一次舉辦繪畫形式的詩詞比賽，大家都很好奇，儀萱跟宗元也在觀賽的人群中。

所有參賽者齊聚臺上，曄廷和玲甄也在其中，儀萱在心裡幫他們加油。

「想不到大家都對繪畫比賽有興趣。」校長看到許多同學前來圍觀，感覺很高興，「舉辦繪畫比賽的用意，就是希望鼓勵不同專長的人一起欣賞詩詞。像儀萱同學擅長背誦，唐詩和宋詞比賽都得到第一名，非常難得。」

臺下響起熱烈掌聲，儀萱沒想到會被校長稱讚，不好意思的笑著，不過她也感覺到不少憎恨嫉妒的目光，她勇敢挺起腰，把笑容咧得更大。

「但也有同學喜歡詩詞，就是不喜歡背。那也沒關係，所以我設計這個繪畫比賽，希望同學可以把心裡對詞句的感動畫出來。」校長接著說，「這個比賽不只比繪畫技巧，更要了解詞句的意義，了解詞人寫這些詞句的心情，才能準確表達出意境。比賽時間兩個小時，參賽者可以用任何材質、畫具來表現。評分方式是，總分一百分，繪畫技巧占二十分，創意三十分，詞境表現能力四十分，另外十分由各位同學決定。兩個小時後，大家再到這裡集合，一起欣賞這些參賽同學的畫作，然後投票選出你認爲最能表達詞境的畫作。各位的票數占總分的百分之十，到時候要好好決定。」

大家聽到可以參與比賽評分，都覺得很興奮。

「這次跟以往不同，是由我自己來出題，」校長拿出一個盒子，搖一搖，「待會我會叫參賽者的名字，然後從盒子裡抽出一首詞，參賽者就根據那首詞作畫。」

儀萱跟宗元在臺下看校長開始叫名字。「李永祥。」李永祥走到校長旁邊，校長從盒子拿出一張紙，「李清照〈醉花陰〉。」李永祥接過紙條，仔細推敲上面的詞句，回到座位上。

儀萱心中暗想，如果是她會怎麼畫？這首詞最有名的是最後三句：「莫道不銷魂，簾捲西風，人比黃花瘦。」她可能會畫一個瘦巴巴的女人，旁邊再畫一朵肥美的菊花。想像那個畫面，儀萱忍不住偷笑。

「顧曄廷。」

儀萱的注意力回到臺上，看著他自信的走到校長旁邊，校長從盒子裡拿出一張紙，開口正要唸時，忽然手一抖，整個人往後倒，重重的摔在地上。

「校長！」曄廷驚恐的大喊，馬上蹲下去抓著校長的手。

陳老師本來在臺下，嚇得臉色發白、衝上講臺，其他老師也圍過來，臺上一陣慌亂。儀萱心裡很不安，原本也想上去，不過被老師阻止了。

「校長好可憐啊！」，「校長不知道怎麼了？」，「比賽會不會取消啊？」，「可是校長很重視這比賽。」

大家在臺下七嘴八舌的討論。儀萱看到幾個強壯的男老師把校長架起來，校長好像稍微恢復意識，嘴巴動了動，聽不到他說什麼，但還是眼睛緊閉，臉色慘白，在男老師們半扶半抬下離開禮堂。

陳老師站上講臺，她似乎嚇壞了，雙腳微微顫抖，她撿起校長掉在地上的盒子，清清喉嚨，對大家說：「剛才校長不知道爲什麼昏倒了，他離開前希望我把比賽完成。所以宋詞欣賞賽繼續。」

陳老師轉頭看曄廷，「剛才校長抽到的紙條呢？」

曄廷轉頭四下看，「我不知道，剛才我嚇了一跳，沒有注意。」

所有人四下尋找，不過都沒看到什麼遺落的紙條，於是陳老師推推眼鏡說：「沒關係，我再重抽一首。」

抽出來是汪藻的〈點絳脣〉。

新月娟娟，夜寒江靜山銜斗，起來搔首，梅影橫窗瘦。
好個霜天，閒卻傳杯手，君知否？亂鴉啼後，歸興濃如酒。

有月亮、江水、山、北斗七星，應該不難畫吧？儀萱想。不過校長忽然昏倒讓她感到很不安。

陳老師一一宣布每個人的題目後，要大家離開禮堂，只有兩位老師留下來，其他人兩個小時後再來投票。

「校長忽然暈倒，我覺得很可疑。」宗元走到儀萱身邊小聲的說。

「我也覺得怪怪的。」

「他會不會就是陰氣靈？」宗元猜測。

「校長？不會吧。我覺得不可能。」儀萱搖搖頭。

「那為什麼他看到某首詞就昏過去了？說不定他以為那裡面藏著你的靈物，所以跑進去看。」

「喂，別忘了，校長說這些題目都是他自己出的。」儀萱白了他一眼。

「對吼。」宗元抓抓頭。

不過宗元說的有理，會跟校長抽給曄廷的那首詞有關嗎？那張紙又剛好在校長昏倒後不見了，未免太巧了吧？儀萱走去校長室察看情況，不過門鎖著，校長應該在裡面休息，不想被人打擾。

誰還會知道紙條的事呢？曄廷！他當時就在校長旁邊，一定看到或知道什麼，她打算比賽後要找曄廷聊聊。

這兩小時過得似乎特別漫長，儀萱心不在焉的上了兩堂課，終於等到下課鐘響，一群人興奮的跑到禮堂集合，更令大家高興的是，校長又站在臺上了。

「謝謝大家的支持還有關心，我現在好多了！」校長故意屈起手臂，做出健美先生的動作。

「你們可以看到牆上掛滿參賽者的畫作，我跟老師們已經評好百分之九十的分數，剩下的百分之十，就交給你們了。」校長指著牆，「陳老師會發給每個人三張黃色紙條，你們可以選三張覺得最好的、最能表達詞境的作品。一個作品只能投一張，得到最多票數的拿十分，第二高票的九分，以此類推。請大家謹慎投票。」

儀萱跟宗元領了三張票，她先隨意看了其他人的作品，然後走到曄廷的畫前。曄廷不在這裡，所有的參賽者都先被請離禮堂，一來他們連畫兩個小時也累了，二來講求公平，投票時不會因爲看到參賽者而有人情壓力，不得不投和自己熟識的人。

汪藻的〈點絳脣〉詞句貼在畫作旁，大家可以很清楚的看出畫作的內容。

新月娟娟，夜寒江靜山銜斗，起來搔首，梅影橫窗瘦。

好個霜天，閒卻傳杯手，君知否？亂鴉啼後，歸興濃如酒。

曄廷大膽的將整張畫紙染黑，勾勒出右上角的一輪新月，左邊的雲後隱約可以看到北斗七星。遠方是朦朧的山影，一條江水從山石間流過；近景裡，一個男子手捧著酒杯，倚著窗，窗外有數株梅樹，上面棲息著幾隻烏鴉。窗邊的男子望向外面的景色，臉上是滿滿的愁思。

儀萱不得不說，曄廷真的是畫得最好的。這幅畫不僅畫出詞句上的景色，構圖嚴謹，色調完整，詞境裡那種思鄉感傷的愁緒也表露無遺。儀萱看著這幅畫，都覺得想要流淚，好想自己的家，明明她家就在離學校兩條街，再一個小時就放學了！

她把票投給曄廷，另外兩張也慎重的投給了令她感動的作品。

投票完成後，老師們花了一些時間統計票數，再跟之前的分數相加，成績終於揭曉，參賽者也被叫回禮堂。

「好，現在來公布名次，」校長非常興奮，大家也萬分期待，「第三名，莊眞梅；第二名，李娟苓；第一名，顧曄廷。以上三位同學請上臺領獎。」

儀萱替曄廷高興，他眞的畫得很好。

領完獎，同學們輪流上前恭喜得獎者，玲甄沒有得獎，不過她纏著曄廷好一會兒，總算等到放學鐘響，儀萱才有機會跟曄廷單獨談話。

「嘿！恭喜你，拿到第一名！」儀萱由衷的說。

「你也是啊，我好像還沒恭喜你耶。」曄廷臉上掛著他特有的微笑。

「你現在說還來得及！」儀萱眨眨眼。

「嘿！恭喜你，拿到第一名！」曄廷也眨眨眼。

兩個人都笑了起來。

「我想問你一件事。」儀萱說。

「我知道。到老地方，我給你看一樣東西。」曄廷的口氣有點神祕。

儀萱本來想找宗元一起去，不過宗元老是不相信別人，雖然不知道爲什麼，但儀萱覺得自己可以相信曄廷。

她回教室整理好書包就直奔舊操場，抵達時，曄廷已經在那裡了。

「你是不是要問我校長昏倒的事？」曄廷開門見山的說。

「你那時候在旁邊，有沒有看到或聽到什麼？」儀萱問。

「校長昏倒時，我伸手想扶他，碰到他的手時，我感到一股力量。」曄廷盯著儀萱，「那股力量跟在泳池邊你幫我的力量很像，不過那股力量不是在幫他，而是壓制束縛著他。」

是陰氣靈！儀萱暗自擔心。

「你可以感覺到那力量是從哪裡來的嗎？」

「不知道。不過，我猜跟校長準備要唸出的那首詞有關。」曄廷的推論跟宗元一樣，

「有人不希望他唸出來。」

「可惜那張紙不見了。」儀萱遺憾的說。

曄廷挑一下眉頭，從口袋裡拿出一張紙，遞給她。

「原來在你這裡！」儀萱興奮的喊著。

「不曉得這首詞有什麼特別的地方，為什麼有人不希望校長唸出來。」曄廷不解。不過儀萱一打開紙條就豁然開朗。

是蘇軾的〈江城子〉。

十年生死兩茫茫，不思量，自難忘。千里孤墳，無處話淒涼。縱使相逢應不識，塵滿面，鬢如霜。

夜來幽夢忽還鄉，小軒窗，正梳妝。相顧無言，惟有淚千行。料得年年腸斷處，明月夜，短松岡。

那個白髮男人，還有梳妝的古代女子，就是來自這首詞——「鬢如霜」，「小軒窗，正梳妝」。陰氣靈發現校長出的這道題目藏著它的靈物，如果唸出來，儀萱就會發現。

陰氣靈一定就在附近，它用法力阻止校長把藏有靈物的詞唸出來，沒想到曄廷偷偷把紙條收了起來，還拿給儀萱看。

「謝謝你，太好了！」儀萱高興的衝上前，用力抱住曄廷。

「這首詞對你這麼重要？」曄廷在儀萱鬆開他後，總算可以開口說話。

「是的，我需要這首詞，你幫了我一個大忙。」

「你為什麼需要一首詞？為什麼這首詞這麼重要？」

「為了謝謝你幫忙，我應該跟你說的。不過……」儀萱正色說，「為了你的安全，你知道的愈少愈好。紙條的事，我們必須保密，不可以說出去。」

「以丞受傷跟校長昏倒都跟這個力量有關？」曄廷問。

「是的。那個力量，可能依附在我們身邊的任何一個人身上。你要小心，我不希望再有任何人受傷了。」儀萱警告他。

「放心，我會保護好自己的。」曄廷微笑看著儀萱，儀萱感到一陣溫暖，心裡的不安也被沖淡不少。

放學回家後，儀萱躺在自己床上，默唸蘇軾的〈江城子〉。

十年生死兩茫茫，不思量，自難忘。千里孤墳，無處話淒涼。縱使相逢應不識，塵滿面，鬢如霜。

夜來幽夢忽還鄉，小軒窗，正梳妝。相顧無言，惟有淚千行。料得年年腸斷處，明月夜，短松岡。

這是蘇軾弔念亡妻的詞作。儀萱在詞境裡，感受到詞人深深的愛意跟思念。十年生死相隔，他對妻子有無限的相思。妻子的墳在遙遠的千里之外，無法過去訴說淒涼的心境，即使遇到也不認識了吧？現在已經風塵滿面，鬢髮都白了。

在蘇軾的夢境中，他回到家鄉的宅子裡。在那扇小窗下，他看到自己的妻子對著鏡子在梳妝，木梳滑過柔順的長髮，微風吹起幾道髮絲，他轉過頭，兩人相視無語，只是不斷流著淚水。

儀萱不忍看下去，她要去找那座墳，土靈物一定在那裡。

儀萱舉步往前走，朝著遠處的孤墳走去，但「千里孤墳」不是說假的，儀萱只覺得路途遙遠，走得腳都瘦了。這要走到什麼時候啊！她走了老半天，才走兩、三里路，千里之遙的孤墳，哪是馬上可以走到的？

對了！馬。宗元當時去〈瑤池〉騎神駒，她也可以去其他詞裡找一匹馬來。儀萱想了想，來到柳永的〈輪臺子〉。

一枕清宵好夢，可惜被、鄰雞喚覺。匆匆策馬登途，滿目淡煙衰草。

一聲聲雞啼劃開清晨的寧靜，儀萱知道柳永就要從一夜的好夢中醒來，等會就要策馬上路了。儀萱趕忙摸到馬廄，騎上快馬，前往〈江城子〉。

儀萱回到詞境後，騎著馬吆喝一聲，馬肚一夾，快馬便往前奔去。

也不知道騎了多久，儀萱發覺不對勁，她跟馬都筋疲力盡，可是兩旁的景色卻沒變？她趕忙勒住馬，跳下馬背，感受腳下的黃土，她知道爲什麼了。

陰氣靈在〈踏莎行〉，施法在柳絲上，讓柳絲攻擊她；在〈青玉案〉，用暗塵把火靈物藏起來，還讓火靈物跟娥兒融爲一體，讓儀萱拿不到；這個土靈物，恐怕也沒那麼容易取得。看來陰氣靈將「千里孤墳」施法成「萬里孤墳」了。陰氣靈在這片土地施法，馬匹再好也沒用。

儀萱想了想，一般的駿馬恐怕不夠，她需要一個可以突破這道法力的力量。她先離開〈江城子〉，把馬還給柳永，然後來到史浩的〈永龍吟〉。

飄然駕鶴，卻遊三島。

儀萱來到一座島上，這裡應該就是蓬萊仙島了。只見高山環繞，山上處處有神木、奇獸，還有滿地的美麗花草，都是儀萱這輩子都沒見過的。她四處走動，忽然一聲鶴鳴劃過天際，一隻仙鶴緩緩降臨。這隻仙鶴似乎有靈性，翩然來到儀萱的面前，他全身雪白，長喙是鮮豔的紅色，眼睛黝黑靈動。

儀萱伸出手，仙鶴靠過來讓她輕撫。「我們去找靈物。」

仙鶴果然有靈性，儀萱很快就感受到他的回應，一人一鶴心意交流，儀萱騎上他，默唸〈江城子〉，回到蘇軾思念亡妻的詞境裡。

儀萱騎著仙鶴在詞境裡遨遊，仙鶴的能量超越陰氣靈施在土地上的法力，不久後他們飛越萬里路，找到了蘇軾亡妻的墳墓。仙鶴在空中盤旋了一會兒，降落在墳墓旁邊。儀萱走近蘇軾妻子王弗的墳墓，這座墳簡單樸實，但是打掃得很乾淨，不見半點雜草。儀萱用手捧起一把土，感受那份能量。沒錯，土靈物就在這裡。儀萱用手拂過墳土，感到一股力量存進脾胃，總算拿到第二個靈物了！

儀萱的意識才剛回到家中，就聽見宗元來找她。

「我們是不是要再去看一下娥兒？」

「也是，得再多給她一些雨水降溫。」儀萱同意。於是兩人便一起來到〈青玉案〉。

「你看，那就是〈青玉案〉裡的魚龍花燈和玉壺！」宗元看見熱鬧的市集花燈，興奮的跑前跑後。

「我要拿多點雨水給娥兒，沒時間看熱鬧。」儀萱皺著眉頭說。

「讓我看一下那個玉壺。」宗元跑過去拿起玉壺，「好美啊！咦，你看，裡面有水！」

儀萱眉頭皺得更緊了，「這水哪來的？」

「不知道，倒出來看看？」宗元建議。

儀萱把水倒在水掌心，覺得一陣沁涼，比之前用的雨水還冰。「哇，好冰喔！」

「我們可以用這水來幫娥兒嗎？」宗元問。

「值得一試！」儀萱說完便拿起玉壺往前跑去。

兩人在黑夜中來到娥兒被吊起來的地方，曹澧一看到他們便焦急的迎上來。

「雨水的效用又過了。」不用曹澧說，儀萱光從娥兒臉上痛苦的表情就可以知道，她胸口的火似乎更炙熱了。

「我們找到新的水，或許有幫助。」宗元說。

儀萱運氣送出玉壺，玉壺一邊繞著娥兒胸前的火光旋轉，裡面的水一邊朝娥兒灑去。只見娥兒呼出一大口氣，臉上的痛苦減弱許多，終於擠出一點點笑容。

儀萱看到熟悉的笑容，終於放下心。宗元也鬆了一大口氣，看來陰氣靈沒騙他，這水可以減緩炙火灼燒。

「此水何來？」曹澧好奇的問。

「我也不知道。」宗元聳聳肩，陰氣靈真的沒告訴他，「我看這個玉壺很漂亮，沒想到裡面有水，而且對娥兒有用！」

「此水味道特殊，不知來自何方？」曹澧自言自語。

這水有味道？儀萱納悶。她跟宗元都沒察覺，不過曹澧來自香料世家，他的鼻子靈敏度一定比一般人好。她心念一動。

「你聞得出那是什麼味道嗎？」儀萱問。

「我想想。」曹澧閉起眼睛緩緩的吸吐，來回四、五次，「我聞到水塘的氣味，而且水裡有一種植物，待我想想……不，不是蓮，蓮的味道比較甜，也不是菱，菱帶有土氣。此味清新，比較像是……浮萍！是了，是浮萍。」

浮萍？

儀萱轉頭看見吊在空中的娥兒，立馬明白陰氣靈是借用了浮萍的力量把娥兒懸在空中，而浮萍之水跟那股力量相呼應，所以才能減緩炙熱之苦。

「我想，我找到救娥兒的辦法了。等我！」儀萱一說完便和宗元離開了〈青玉案〉。

☯

它感到脾胃一陣痛，心裡大驚，土靈物還是給儀萱找到了！可惡，本以爲不讓校長唸出〈江城子〉就沒事，沒想到那張紙卻不見了，怎麼也找不到。當時它抱著一線希望，心想現場一片混亂，可能不小心被人踩爛了，看來，有人撿到它卻沒出聲，而且還拿給儀萱。正氣靈不笨，一定馬上就能看出端倪。

會是宗元那小子嗎？就算不是他，他也可能知道是誰，要打聽看看。

不過那小子替它弄到水靈物的訊息，看來找他幫忙是對的，以丞太沒用了，壞了它不少計劃。等宗元幫它拿到剩下的兩個靈物後，說不定可以考慮跟他合作。這小子機靈，還去過詩境幫助詩魂，能力不可小看。如果他不願意，又知道自己那麼多事情，就必須設法除去。

當務之急是要逼宗元問出另外兩個靈物的下落。最近這個形體的體力愈來愈衰弱，但另一方面，這個形體的意志卻比它預期的要強，這兩天試圖抵抗它的控制。有時候它失去意識，回過神來發現形體奪回主控權，本來只有一、兩秒鐘，最近有一次居然將近三十秒。這讓它很驚慌，如果形體奪回意識的時間夠久，可能會去做一些它無法控制的事，像是通知儀萱自己就是陰氣靈。它得要儘快拿到剩下的靈物，時間不多了。

16

宗元回到家沒多久，手機就收到簡訊，果然是陰氣靈。

「紙條是你撿到的嗎？」

「什麼紙條？」

「校長昏倒前抽的紙條。」

「喔，沒有啊，不是不見了嗎？」

「有人撿到，交給儀萱。」

「所以呢？」

「你眞的不知道？
我藏了一個靈物在那首詞裡。」

「啊，我就說嘛，一定跟你有關。
不過我真的不知道有人撿到紙條的事。
所以儀萱拿到你的靈物了？」

「沒錯！所以你動作要快一點！」

「三比二，你還是領先啊，急什麼！」

「我已經給你玉壺水了，她現在應該更信任你，你快去問剩下靈物的下落！」

「說到這裡，玉壺水是哪裡來的？超有效的！」

「你不用知道那麼多，快去把事情辦好就好。」

「好啦，等我的消息。」

放學鐘響，儀萱忙著整理書包回家。今天她利用下課時間，翻找了宋詞裡有浮萍的詞，她等不及回家進入詞境。

「儀萱！」儀萱走出校門時，以丞叫住她。

「明天星期六早上，你有空嗎？」

「什麼事？」儀萱問。

「你要不要來我家游泳？」以丞靦腆的笑著，望著儀萱的眼神流露出期待。

「呃，我……」儀萱還沒回答，一個人影從後面冒出來。

「我也要去！」采璘喊著，給了以丞一個不容反對的眼神。

「喔。好、好啊。」以丞一副不好意思拒絕的樣子，尷尬的表情讓儀萱覺得好笑，「那……儀萱呢？一起來嘛，人多比較好玩。」

儀萱還沒開口，采璘又插話，她用一種體諒的軟音說：「她不是不會游泳嗎？你就不要勉強人家了，是不是？」

儀萱聽了一肚子氣，她想起采璘爲了要看她出糗而幫她報名宋詞比賽的事，現在又干涉她可不可去以丞家，眞是可惡！

「我去！」儀萱說：「我不會游泳，可是以丞這麼厲害，可以教我啊，對不對？」

儀萱對著以丞眨眨眼，以丞一聽雙眼發亮，臉上露出開心的神情。儀萱看到以丞的反應有點後悔，她不希望以丞誤會，也懊惱自己這麼沉不住氣，不過看到采璘怒不可遏的模樣，她忍不住在心裡竊笑。

「太好了，那我多邀請一些同學。采璘，上次你不是跟宗元處得不錯？儀萱，你要不要找宗元一起來？」

儀萱想起她要宗元支開采璘的事，故意猛點頭。「對啊、對啊，宗元知道采璘要去的話一定也會去！啊，他一定開心得要命！我去跟他說。好啦，我先走了，掰掰！」

儀萱不理會這兩人一個開心又期待，一個氣憤又怨恨，趕快回家。

「什麼？你跟采璘說我喜歡她？」宗元聽到儀萱的話差點氣死。

「我沒說你喜歡她，我只是說她去的話你一定會去。好啦，一起去嘛。」儀萱央求他。

「天啊！采璘那個大嘴巴，一定會到處亂說的啦！莊儀萱！」宗元在電話那頭大吼，儀萱可以想像他瞪大雙眼的模樣，吐了吐舌頭。

「對了，還得委屈你表現出崇拜采璘的樣子，我才能找機會多問以丞一些關於陰氣靈的事情。」儀萱義正詞嚴的說。

「我才不要！」宗元語氣堅決，不過儀萱知道，他一定會去的。

儀萱掛上電話，拿出詞選，把幾首摺起來的詞再看一遍。她先去〈青玉案〉拿玉壺，然後來到王以寧的〈虞美人〉。

歸來峰下霜如水。明月三千里。幽人獨立瞰長淮。誰棹扁舟一葉、趁潮來。
洞庭湖上銀濤觀。憶我煙蓑伴。此身天地一浮萍。去國十年華髮、欲星星。

儀萱身處一座山峰之下，這裡峰峰相連，地形險峻。此時明月高照，四周一片明亮，氣溫冷冽，滿地秋霜像一條溪水流過。然後，儀萱看到了詞人。他獨自站在淮河邊眺望遠處，回憶起在洞庭湖上，跟著漁人友伴一起觀賞塘潮湧來時，銀色巨浪的美景，不僅感慨起自己如浮萍般飄零的身世。

「先生，請借一步說話。」儀萱恭敬的說。

「姑娘何許人？」王以寧走了過來，上下打量儀萱。

「我是詞靈。」

「是了，」王以寧點點頭，「我在我自己的詞境裡。不過，我上回看到的詞靈不是姑娘。」

看來，她跟陰氣靈還在同一個形體的時候，她曾經在陰氣靈的控制下來過這裡。

「此事說來話來，當時的詞靈也是我沒錯。」儀萱把情況大略告訴王以寧，「現在正氣靈依附在一個名叫儀萱的國中女孩體內。」

「原來如此，儀萱姑娘。」王以寧點點頭。

「請教先生，陰氣靈是否拿了一些你體內的力量？」儀萱問。

「是的，我當時很納悶，在下一介書生，哪有什麼能力啊！」

「別小看自己，每一句詞，每一個物品，都有它的力量。陰氣靈把你的『此身天地一浮萍』那份孤寂感慨，加上它特有的黑暗法力，融合成一股強大的力量，藉此囚禁一個少女，我必須去救她。」

「此人太可惡了！儀萱姑娘，在下一定幫你！」王以寧義憤填膺的說。

「謝謝。」儀萱拱拱手。然後她握住王以寧的雙手，呼吸運氣，感覺一股力量緩緩傳送過來。儀萱接過那個力量，運用法力收在玉壺裡。

「太好了，謝謝先生相助。」儀萱呼出一口氣，「我先走了。」

她再度拱手，王以寧也躬身回禮，接著便離開〈虞美人〉。

儀萱再度來到〈青玉案〉，她拿著玉壺，來到娥兒的面前。

「更多的浮萍水？」曹澧問。

「不只是水，還有解藥。」儀萱微笑著說。

她取出浮萍水和王以寧的力量，讓兩樣東西在掌心流轉，再施予自己的正氣，最後形成一滴綠色的水凝珠。

那水凝珠泛著青綠色的光芒，儀萱知道自己完成了。她走近娥兒，掌心對著娥兒胸口的那團火焰運氣施法，把水凝珠送了過去。

凝珠裡，正氣靈的力量跟娥兒體內陰氣靈的力量相抗衡，娥兒啊的一聲，只覺得全身百骸一陣冰涼，那股炙熱之苦跟束縛她的力量慢慢散去，娥兒從空中落下時，陰氣靈放在她體內的火靈物也被逼了出來。

「娥兒！」曹澧大喊上前，接住往下墜的娥兒。儀萱也伸手接住火靈物，把火靈物的力量放入體內。心屬火，現在火靈物存在心裡。

「終於拿到火靈物了。」儀萱深呼吸一口氣，「娥兒，你覺得怎麼樣？」

「我沒事。謝謝詞靈，你眞的做到了。」娥兒看著儀萱，眞誠的說。

「我們是好朋友啊，不是嗎？」儀萱也笑著說。

娥兒轉過頭，看向曹澧，「也謝謝你，一直陪著我。只可惜你給我的香包，被陰氣靈拿走了。」

「沒關係，再重新做一個就好了。」曹澧扶著娥兒，一點也不在乎香包的事。

「你們快離開這裡吧。娥兒，我會幫你把香包找回來的。」儀萱說，「我先走了。」

「你自己小心！」

儀萱在兩人依依不捨的目送下，離開〈青玉案〉。

宗元沒想到儀萱跟采璘亂說話。莫名其妙！那個吳采璘老是認爲自己很行，講起話來高人一等的模樣。自從她轉到這個班上，發現儀萱成績好，就對她懷有惡意。他怎麼可能喜歡這種人嘛？萬一她當眞怎麼辦？這時手機傳來震動，宗元打開來一看，是陰氣靈。

「看你幹的好事！」

「什麼？」

「少裝死！你把救娥兒的方法洩露給儀萱，讓她拿到火靈物了！」

「我？我不知道你在說什麼。

我自己都不知道方法，怎麼洩露給她？」

「你跟我要緩和炙火的方法，

不就是用來幫儀萱的嗎？

現在她找到解決的方法，拿到火靈物了！

你這下三濫！」

「喂，嘴巴放乾淨點。

我連那水從哪裡來的都不知道，要怎麼幫她？

我猜是她自己想出來的，

她不只是儀萱，也是正氣靈，跟你相生相剋，

你想到的東西，她也可以想到。」

「油嘴滑舌，我不會再相信你了！」

「你不是跟她和好了嗎？

我憑什麼相信你還會幫我？」

「好，我就再相信你一次。」

「你再給我一次機會，

你還差兩個靈物不是嗎？我去幫你問！」

「因為我想要法力啊！

而且儀萱居然跟別人亂講話，我當然不會幫她！

現在她拿到三個靈物，心情正好，

一定不會懷疑我。」

「現在只有我可以靠近儀萱，

得到她的信任，不是嗎？」

陰氣靈沒再回傳。宗元想了想，傳了簡訊給儀萱。

「睡了嗎？」

「還沒。

對了，你明天到底要不要去？」

「好啦，我跟你一起去。」

「耶，太好了！

我拿到火靈物，也救了娥兒，

她沒事了。」

「真是太好了！」

「這次是靠曹澧幫忙，沒有他的鼻子，我不可能找到那個玉壺水的來源。」

「原來如此，陰氣靈真的很狡猾。不過你還是拿到火靈物了，就是那個燈火，對嗎？」

「是啊。其實我知道是那個燈火時，著實嚇了一跳。」

「為什麼？」

「一般在挑選物品時，都會挑能量愈大的愈好。」

「像我上次說的『大江東去』。」

「對啊。火靈物的話，
『千里火雲燒空』，『活火分新茶』，或是『紅磁候火』，
這些聽起來比較厲害吧？」

「沒錯，要是我就會選這些。
你選了哪首？」

「可是陰氣靈跟我挑選詞句的方向真的很像，
我們都刻意避開這些，
各自都選了昏暗不明的燈火呢！」

「哈，你們倆果然相生相剋。」

「是啊！
好累喔，剛剛在詞境裡進進出出，
明天還要去以丞家游泳。」

「去睡吧，我也要睡了，
明天去你家找你，我們一起過去？」

「好啊，
不過你不怕采璘吃醋啊？
哈哈哈！」

「還說！別鬧了！」

「好啦好啦，晚安！」

「晚安。」

宗元也累了，不過在睡前，他把剛才的對話截圖下來，傳給陰氣靈看。他問到的資訊就這些了，陰氣靈應該可以靠自己找到那首藏有靈物的詞。

17

「萱萱快起床，宗元來了喔！」媽媽的聲音從遙遠的地方傳來。儀萱覺得好累喔，沒事幹嘛答應以丞去他家游泳，昨晚在詞境裡耗了許多體力，眞想一直睡下去。

「喂，起來啦！」宗元猛敲她的房門，儀萱睡眼惺忪爬起來。

「你自己坐一下，我去刷牙。」儀萱揉揉眼睛，口齒不清的說。

「快啦，游泳的東西都準備好了嗎？」宗元問。

「還沒耶，你幫我一下，我放在書桌上。」儀萱在廁所大喊。

「哎喲，你房間這麼亂，東西都亂丟。」宗元一邊幫忙一邊碎念，怎麼會有人浴巾用完不是掛起來，而是堆桌上的？

「你很囉唆耶。」儀萱動作倒是很快，轉眼間已經刷完牙、洗了臉，不過前額的瀏海還是翹翹的。

「頭髮也不梳一下。」宗元皺著眉說。

「這樣你跟我媽講的話才會完全一樣！」儀萱對他扮鬼臉，隨手抓一下頭髮。

「好了。走吧。」宗元把包包遞給她。

「謝謝，我去拿個饅頭，你要不要也吃一個。」

「好啊！」宗元早上也還沒吃，於是兩個人便一人拿一個饅頭，一起走路去以丞家。

中秋節過後，天氣沒那麼炎熱，走在路上很舒服。

「等下我會暗示你，你就幫我引開采璘。」儀萱一邊咬著饅頭一邊說。

「才不要。」宗元瞪她一眼。

「這樣我才有機會問以丞問題啊，我跟你說……」儀萱忽然停住，表情疑惑，「奇怪，包包怎麼感覺在震動？」

「是你的手機嗎？」

「手機在口袋啊！」儀萱掏出手機，沒有任何來電或訊息。

她停下腳步，把包包打開來看，「咦，這是曹澧的香包啊，怎麼會在這裡？」

「啊，這香包本來放在你桌上嗎？我可能拿浴巾的時候不小心一起放進包包了。」宗元不好意思的說。

「沒關係，」儀萱看著手上的香包，「這香包在找另一個香包。」

宗元也湊上去看，這個香包微微晃動，逸出一股淡淡的香氣。

「你說另一個香包在陰氣靈手上？」宗元問。

「對。」儀萱一臉凝重，「說不定待會兒就可以看到誰是陰氣靈了。」

他們隨著香包的引導，來到以丞的大樓外，兩人對看一眼。

「陰氣靈也住這棟大樓？難怪他會就近找以丞幫忙。」宗元說。

「班上同學住得不遠，可是我不記得有人跟以丞住同一棟大樓。」儀萱說。

宗元想了想，「或許，陰氣靈今天也來以丞家游泳？而它剛好也帶著娥兒的香包？」

儀萱深吸一口氣，低聲說：「等等就知道了！」

「嗨，儀萱，你來啦！」以丞看到儀萱，開心的打招呼。宗元就站在旁邊，以丞卻沒理他，讓他忍不住狠狠瞪了以丞一眼。

「你又開派對了啊？」儀萱笑著說，今天來的人跟前兩次一樣多，泳池邊很熱鬧。

「哎喲，本來只想請你……請幾個人而已，沒想到大家一個拉一個，就變這麼多人了。」以丞不好意思的搔搔頭。

「有什麼關係，人多熱鬧嘛。還好我有多叫一些披薩。儀萱啊，等等要多吃一點喔。」趙媽媽熱情的招呼著。

「好，謝謝趙媽媽。」儀萱嘴上這麼說，實際上卻心不在焉的看向四周，想找出陰氣靈。

「怎樣？知道是誰嗎？」宗元小聲的問。

「不知道，香包還在引導我，好像在泳池那邊。我過去看看，你不要跟在我旁邊，如果有人找我講話的話幫我引開。」儀萱說。

「好。」宗元去拿飲料，距離儀萱大約五步遠。

儀萱拿了杯汽水，隨意朝泳池另一頭走去。

「嗨，儀萱！」曄廷跟她打招呼，那個熟悉的微笑總是令人覺得溫暖。

「你也來游泳？」儀萱覺得自己每次碰到曄廷都會問笨問題，他是以丞游泳校隊的隊友，當然不是來這裡讀論語的。

「是啊。我想以丞一定會邀你，所以就來了。」曄廷輕鬆的說。儀萱忍不住臉紅。

「你最近在畫什麼？」儀萱問。

「就隨手畫些風景。對了，我想去北美館看展覽，你有興趣嗎？」曄廷問。

「好啊。」儀萱覺得自己好像回答得太快了，不過她看到曄廷的表情好像很開心。

「那你星期……」曄廷的話還沒講完，宗元忽然從後面一把攫住他的肩膀。

「嘿！恭喜你拿到第一名！」宗元用力的拍著曄廷的肩膀。儀萱覺得那力道似乎大了些，瞪了宗元一眼，不過宗元假裝沒看到。

「喔，謝謝……」

「喂，你這麼會畫畫，教我好不好？」宗元問。

「蛤？喔，好啊，以後……」

「不用以後啦，就現在！走，我們去問趙媽媽哪裡有筆跟紙。」宗元硬拉著曄廷，往另一個方向走，臨走前還對儀萱比個「沒問題」的手勢。

儀萱覺得啼笑皆非，不過還是拿著香包，往泳池的另一邊走去。

走了幾步，她發現這邊沒有學校的同學了，都是大樓其他的住戶，她正要回頭，發現前面一個婦人帶著一個六、七歲大的小女孩，讓儀萱屏住呼吸的是，小女孩手裡拿著一個跟她一模一樣的香包。

她就是陰氣靈？

不對！想到那裡去了。陰氣靈跟她一起恢復記憶，是那天在教室裡的人。這小女孩的香包一定是別人給她的。

「嘿，你好！」婦人主動跟儀萱打招呼，她才發現自己一直盯著小女孩看，未免太失禮了。

「你好，你女兒好可愛啊！」儀萱友善的說。

「謝謝。萱萱，跟姊姊說謝謝。」那位媽媽說。

「啊，她叫萱萱？眞巧，我的名字是儀萱，我媽媽也叫我萱萱呢！」儀萱的話讓萱萱感覺親切，叫了聲姊姊。

「我看萱萱手上拿著一個香包，請問那個香包是哪裡買的？」儀萱直接問。

「喔，這不是買的，是人家送她的。」媽媽說。

「是棉被阿伯給我的。」萱萱天眞的說。

儀萱知道「棉被阿伯」，這位老先生，住在學校附近，不管夏天冬天，身上都會裹著一條棉被。他以拾荒維生，人不多話，安安靜靜的，不過對老人小孩很親切，社區的人跟他相處得不錯。

棉被阿伯一定是在哪裡撿到這個香包，然後送給了萱萱。

「姊姊，你也有一個一樣的香包耶！」萱萱眼尖，看到儀萱手裡握著曹澧的香包。

「是啊。其實事情是這樣的，我有一個好朋友，她的未婚夫做了兩個一模一樣的香包當他們的定情禮物，可是有一個壞人很可惡，把女生的香包偷走了，我的朋友跟她的未婚夫都很傷心，希望我幫忙把香包找回來。我手上的香包，就是那個未婚夫的香包。」

「所以姊姊跟爸爸一樣，都會抓壞人、救好人，幫忙找不見的東西嗎？」萱萱問。

「我先生是警察。」那位媽媽在一旁解釋。

「我不是警察，不過我喜歡幫助別人。」儀萱說。

「我也是！」萱萱大聲說，「姊姊，這個香包就是你朋友的嗎？那你拿去還給她。」

「眞的嗎？」儀萱一愣，轉頭看小女孩的媽媽。婦人點頭微笑，似乎很嘉許自己的女兒。

儀萱蹲下來，直視小女孩說：「萱萱，你好棒，謝謝你。是的，這香包眞的是我朋友的，也謝謝你告訴我是誰給你的，我會去問棉被阿伯是在哪裡撿到，說不定他會有壞人的線索。我替我的朋友謝謝你，下回，我再帶別的玩具給你好不好？」

「好！我想要氣球，綠色的。」萱萱大方的說。媽媽也笑了。

「好，沒問題！」儀萱跟她打勾勾。

儀萱急著去找棉被阿伯，跟宗元提早離開以丞的家，他們常常看他出沒附近，可是沒人知道他住在哪裡。儀萱跑去問里長伯，才終於在一個巷子內，找到一個鐵皮搭成的小屋，低矮的門窗緊閉，外面堆滿雜物。

「阿伯！阿伯！」儀萱輕聲喚著，可是裡面沒有人。好不容易循著線索找到這裡，卻又斷了。其實找到那位阿伯，他也不見得記得是在哪裡找到這個香包，但總要試試看。然而，他們等了一個小時，棉被阿伯還是沒回來，只好先回家。

娥兒的香包到底放到哪裡去了？它皺著眉。書桌、抽屜、床鋪、椅子，都沒有。難道……它心裡有股不祥的預感。

最近，這個形體的意識經常壓過它，它一回神不知道過去幾分鐘做了什麼事。他有可能看到香包，知道這個東西不屬於自己，心生害怕，就把香包丟掉了。

它想起四天前，外面下大雨，天色昏暗，它曾短暫失去意識。等回過神，它發現雙腳是濕的，浴室裡掛著全濕的雨衣，而它連自己剛才曾出門一趟都不知道。現在想想，很可能就是那天丟掉的。

不過就算如此，儀萱也找不到，就算找到，也不會找到它這裡來。但是，要是這個形體如果繼續失去控制，它會不惜毀了他。

它得加快動作，這個形體愈來愈不可信任，不知道他還會做出什麼事來。宗元昨天又問到一個靈物的線索，它拿出手機，不是「千里火雲燒空」，「活火分新茶」，「紅磁候火」，儀萱的意思是，火靈物不在這些字面上明顯的地方。她說他們兩個不約而同的選了昏暗不明的的燈火。它自己選了「燈火闌珊處」，正氣靈會選什麼？

它打開詞選一一尋找，一首詞映入眼簾，蘇軾的〈好事近〉：

煙外倚危樓，初見遠燈明滅。卻跨玉虹歸去、看洞天星月。

當時張範風流在，況一尊浮雪。莫問世間何事、與劍頭微映。

應該就是這首了。

它進入詞境，這裡天色昏暗，它躲在牆角，小心四處張望。

上次拿到水靈物的過程很順利，不過正氣靈拿到火靈物的事，讓它對宗元起了疑心，雖然宗元極力展現忠誠，它還是謹慎點比較好。

詞境裡的景色濃稠模糊，像是浸在水的畫一樣。它放慢呼吸來回走動，還好，並沒有可疑的事物。

它確定沒有危險後往前面的高樓走去。詞境裡的燈火在城外，一定要登上高樓遠眺才可以看到。

它輕輕打開門，手上運氣，準備隨時出擊，不過門後也平安無事，高樓裡一片靜悄悄的。它沿著樓梯拾步往上走，除了窗外的月光伴隨著它的腳步移動外，沒有其他的動靜。它來到樓頂，推開木門，看向遠處，城外有些矮樹林和幾戶人家，晚風吹來，樹影搖曳，燈火錯落。

不知道哪個才是正氣靈選的？它低頭細想，五行也跟方向有關，南方生熱，熱屬火。它走向面南的窗臺，果然有一個燈火在遠處閃爍。

是了。它大喜。雖然從進入詞境到現在都沒事，它還是小心翼翼的走下樓梯，回到平地時，它呼出一口氣，這樣戰戰兢兢、提心吊膽，也耗去不少精力。

它走到城外往南行，穿過小路樹林和幾户人家，只要稍有動靜，它就停住腳步，緊張的四處張望。不久後，它來到一間簡陋的草房，它往屋內窺看，確定裡面只有一個媽媽帶著一個孩子，兩人抱著彼此在炕上睡著了。

它輕推柴門，悄聲進入屋內，桌上有盞燈，燈芯已經被燒得很短，燈火閃爍不定。它伸出雙手，掌心對著火光，接著，一股能力傳來，順著手掌進入體內。

拿到火靈物了！看來宗元沒騙它。它現在有了四樣靈物，就剩最後的金靈物。只要拿到所有靈物，就不用管形體的死活了。

儀萱胸口一陣悶痛，陰氣靈拿到第四樣靈物了！她自己還缺木靈物和金靈物。

儀萱先進去〈青玉案〉找娥兒，把兩個香包交給她跟曹澧。娥兒跟曹澧看到香包，非常開心。接著，她回到自己的房間，繼續研究靈物的下落。她想著以丞給的線索，還剩下酒、枕頭、紅蠟燭。不知道是酒跟枕頭會在同一首呢？還是枕頭跟紅蠟燭？或者是全部在同一首，另一首以丞沒有看到線索？

她決定先從「酒」跟「枕頭」這兩樣東西下手。儀萱不用翻詞選也知道，有酒的詞大概占了七、八成，這線索有跟沒有一樣，不過若是跟枕頭放在一起，可能範圍會小一些，而且詞句裡面還必須有跟金或木有關的內容。

儀萱進出了幾個詞境，可是都不對，消耗了不少體力，正當她感到睡意來襲，打算休息一下時，翻到周邦彥的〈滿庭芳〉。

風老鶯雛，雨肥梅子，午陰嘉樹清圓。地卑山近，衣潤費爐煙。人靜烏鳶自樂，小橋外、新綠濺濺。憑闌久，黃蘆苦竹，擬泛九江船。

年年，如社燕，飄流瀚海，來寄修椽。且莫思身外，長近尊前。憔悴江南倦客，不堪聽、急管繁弦，歌筵畔，先安枕簟，容我醉時眠。

是了，「長近尊前」，「先安枕簟，容我醉時眠」很可能就是以丞看到的酒和枕頭。陰氣靈的木靈物可能藏在「雨肥梅子」、「午陰嘉樹」，或是「黃蘆苦竹」，儀萱決定再試一試。

儀萱一進入詞境，就聞到一股酒味，酒味中還帶著一股特殊的香氣。她並不喜歡那個味道，不過不知道爲什麼，這酒味順著鼻腔進入體內後，令她覺得全身順暢，之前的疲憊、焦躁、緊張，立刻得到舒緩。這就是喝醉的感覺嗎？她沒喝過酒，無法體會，只感到眼皮沉重，眼前乾淨舒適的臥榻，和繡著花鳥的被單、枕頭召喚著她。

「容我醉時眠吧。」儀萱意識朦朧的爬到臥榻上，身體不由自主的躺下去。

「這床鋪好舒服啊！」儀萱帶著醉意，享受這份安逸。

但是就在她要躺下去的時候，心裡一個聲音響起：「這裡有問題！快起來！」

儀萱一驚，停下動作。

她深呼吸，集中意識，運氣抵抗那股睡意，總算勉強坐起身子，離開臥榻。

然而，酒氣還是不斷襲來，儀萱不敢在此多逗留，趕快回到自己的房間。

儀萱大口深呼吸，剛才太過驚險了，如果她就躺在那裡長睡不起，可沒有人會去救她。陰氣靈太陰險了！竟然在詞境中使出這樣惡毒的法力，但也證明，其中藏著靈物。

儀萱在房間來回走動。她找到藏有木靈物的詞，可是該怎麼破解那些酒氣？有什麼東西可以解酒？一壺濃茶嗎？應該要找有茶的詞嗎？

儀萱實在太疲倦，她打算先好好睡上一覺，再來找方法。

18

第二天是星期天，儀萱跟宗元再度來到棉被阿伯的鐵皮屋，這次，門是開著的。

「阿伯，你在嗎？」宗元喊著。一個披著灰藍色，上面印著米老鼠棉被的中年男子走出來。

「我叫儀萱，他是宗元，我們住附近，有個問題想請教阿伯。」儀萱說。

「什麼事？」男子的眼神有點戒備，不過態度很客氣。

「我想問，你是不是有給萱萱一個香包？」儀萱問。

男子想了想，點點頭，「我不知道萱萱是誰，不過我的確有給一個小女孩香包。」

「那你知不知道，那個香包是哪來的？」儀萱抱著一絲希望。

「這個……前幾天不是下著大雨嗎？我本來要回家了，結果看到一個人穿著雨衣，拿著一個小垃圾袋，慌慌張張的，不知道在急什麼。他走到街口的垃圾桶前面，丟下垃圾袋就跑掉了，結果垃圾袋沒丟進去，掉在外面。我走過去撿起來看，裡面除了有幾張衛生紙、廣告單，還有個香包，看起來還滿精緻的，所以我就隨手收起來，後來遇到一個小妹妹，就送給她了。」

「你有看到那個人是男是女嗎？長什麼樣子？」儀萱緊張的問。

「就跟你說那個人穿著雨衣，我看不清楚啦。身高跟你差不多，穿著一件白色的雨衣，感覺是個女的。」

「如果那個人再出現的話，你會認得嗎？」儀萱不死心的問。

「不認得啦。」棉被阿伯抓抓頭說。

儀萱很無奈，但也無計可施，跟阿伯道謝後和宗元一起離開。

「你覺得那個丟香包的人就是陰氣靈嗎？」宗元問。

「很有可能。」儀萱說。

「他爲什麼要把香包丟掉？」

「誰曉得。而且聽起來很慌張。」儀萱也很納悶。

「還是這個丟香包的人，是陰氣靈的姊姊或妹妹，她看不慣陰氣靈，所以把它拿回來的香包丟了？」宗元又開始推測了。

「陰氣靈很小心的，它不會讓別人知道自己的身分，而且它會控制形體的意志，不可能讓形體有機會告訴別人，除非……」儀萱停頓了一下，一個想法逐漸成形。宗元講的有理，陰氣靈的行爲像是厭惡那個香包，陰氣靈特地拿走娥兒的香包，照理說不該厭惡，也不需行事慌張。但是，如果這個丟香包的人就是陰氣靈自己呢？應該說，丟香包的人，就是陰氣靈的形體呢？因爲這個形體看不慣陰氣靈的行爲，趁取回意識主導權的時候，慌慌張張的把陰氣靈帶回來的東西丟掉。

這是好消息，說不定那個人會主動來找儀萱；但也是壞消息，陰氣靈一定知道這件事，如果它控制不了，一定會不擇手段毀了形體的。

儀萱忍不住打個冷顫。

「怎麼了？」宗元問。儀萱嘆口氣，把她的想法告訴宗元。

「我們要儘快找到陰氣靈！」最後儀萱這麼說。

「會是吳釆璘嗎？」宗元小聲的問。

「不可能，釆璘如果是陰氣靈，她不會幫我報名宋詞背誦比賽，卻以爲可以看到我出糗。」儀萱提醒他。

「那會是誰?」宗元問。

「我不知道。」儀萱也很想知道答案。

前一晚儀萱開著窗戶,隔天一早,雨水的濕氣毫不留情的鑽進房間,把她喚醒。吃過早餐後,儀萱撐著一把小花傘就趕去上學了。

在學校一整天都很忙碌。早上的隨堂考試,儀萱覺得自己沒有準備好,有些懊惱;中午吃飯時,她努力翻著詞選,想找出有什麼東西可以對付陰氣靈在〈滿庭芳〉裡的酒氣。

好不容易熬到下午上國文課,陳老師照樣踩著高跟鞋,叩叩叩的進教室。

「今天雨很大,我剛剛進學校時,大門口都積水了。」陳老師說。

「老師,雨下這麼大,應該要放半天假!」有人開始起鬨。

「雨下這麼大,應該要唸有雨的詩詞。」陳老師說。

哎,老師就是老師,超級無趣。

「雨中唸詩,多浪漫啊!」老師的話讓大家嘆氣嘆得更大聲,不過當老師的就是有本事無視大家的反對。「以前我唸大學時,只要下雨,我就會把詞選拿出來。我最喜歡讀李清照的詞,很多詞句裡的愁緒都跟雨有關。

「像是『傷心枕上三更雨，點滴淒清』，或是『梧桐更兼細雨，到黃昏，點點滴滴，這次第，怎一個愁字了得』，還有『蕭條庭院，又斜風細雨』，這些詞句陪伴我度過一段年少時光啊。」

老師一邊說，一邊把句子寫在黑板上。

「除了這些，還有沒有人想分享和雨有關的詞句？」陳老師用鼓勵的眼光看向大家。

「斜風細雨不須歸。」有人說。

「不錯，」老師點點頭，「那是唐朝張志和寫的，詞牌名是〈漁歌子〉。」接著轉身把這首詞寫在黑板上。

西塞山前白鷺飛，桃花流水鱖魚肥。
青箬笠，綠蓑衣，斜風細雨不須歸。

「這個箬笠呢，是用竹葉編的笠帽，戴在頭上遮雨；蓑衣則是用棕櫚樹皮編織成的雨衣。」陳老師解釋。

「可是我看到的農家蓑衣都是咖啡色的，爲什麼這裡是綠色的？」有人問。

「可能在唐朝時，用的是不同葉子，所以是其他顏色。」陳老師解釋。

「對啊，誰說雨衣一定要什麼顏色？」采璘又開始拍馬屁了，「我早上看到陳老師的白色雨衣，就覺得很漂亮。」

儀萱本來無聊的聽著窗外的雨聲，但是采璘的話讓她一驚，陳老師的雨衣是白色的！她看著臺上的陳老師回想，她在全班面前背出〈虞美人〉時，不只同學，老師也在場；以丞家的生日會，老師沒去，但是她的生日禮物有去，而且還是一本詞選；在舊操場時，以丞忽然出手攻擊；校長在臺上出題，卻忽然昏倒。這些事件，陳老師統統都在場。原來，陰氣靈是依附在陳老師身上！

儀萱感到心跳加快，手心冒汗，覺得自己快坐不住了。她望著臺上的陳老師，老師神情自如，教學認真，很難想像她就是陰氣靈。

冷靜下來！儀萱告訴自己。她運氣深呼吸一口氣，這件事情一定要有十足的把握，不可以像上次那樣誤會以丞。

老師繼續講解詞句，儀萱一句也沒聽進去。她緩緩舉起手。

「儀萱，你有問題嗎？」老師抬頭問。

「老師，請問，你上星期是不是曾經穿著白色雨衣，去外面丟垃圾？」儀萱眼睛直直的望著老師。

老師的表情瞬間改變，臉色一片慘白，全身好像定住一樣。

「沒有，我不知道你在說什麼。」老師的語氣乾澀冰冷，看了儀萱一眼又馬上將目光移開。

但是儀萱在那個瞬間，在老師的眼神中看到殺機，還有一絲求救的訊息。

陰氣靈控制著老師，老師說不定也想脫離陰氣靈的掌控。

只見老師臉色愈來愈蒼白，全身開始顫抖，好像在抗拒什麼力量。

「老師，你告訴我。下雨那天，是不是你把香包拿去丟掉的？」儀萱直視著她，不肯放棄。班上同學都轉過頭看她，不知道她在說什麼。

「儀萱，它……控制我。我不是故意的，我想要抵抗，可是……」老師忽然語氣一變，滿頭大汗，她扶著講臺的模樣，好像隨時都會倒下去。

「老師！你怎麼了？」有人大喊。

儀萱衝上講臺扶住老師，暗暗輸入一些能量，但是在同時，儀萱也感到她體內那股熟悉的黑暗能量——陰氣靈的能量。

「我的胸口好痛……」老師痛苦的彎下腰。

「老師，你要撐住，不要讓它控制你！」儀萱再度輸入一些能量。

「我沒多少時間了，我每次拿回主導權的時間都很短，我告訴你，木靈物在周邦彥的〈滿庭芳〉裡。」她猛然抬起頭。

「我知道，但是怎麼破解它設下的陷阱？還有金靈物在哪裡？」儀萱抓著老師的手，焦急的問。

「那酒要用蘇軾的風……」老師的話還沒說完，忽然表情一變，恢復成先前的樣子。她看向儀萱，嘴角一抹冷笑。儀萱一愣，沒料到陰氣靈反撲得這麼快，只感到一股強烈的陰氣從老師的手上傳來，進入她的體內，震得她全身痠痛發冷，忍不住腳一軟，坐倒在地。

「你們先自習，我要去一趟校長室。」老師說完逕自走出教室，留下大家一臉錯愕。

儀萱沒有料到陰氣靈的反應，她連忙運氣逼出身上陰氣，還好陰氣靈只求脫身，沒有下重手。她站起身，不理會同學追問，連忙追了出去，可是走廊上已經看不到老師的蹤影。她抱著一線希望去校長室，陳老師當然不在那裡，還被校長質疑爲什麼上課時間到處亂跑。

宗元在儀萱跑出去後，也跟著跑出來，不過他往反方向去找。他走下兩層樓，在樓梯間的角落被人用力拉住。是陳老師。

宗元看著她，不知道現在是由誰的意識主導這個形體。

「宗元，你會幫我吧？」陳老師的語氣陰森，「快告訴我最後一個靈物在哪裡，我就給你法力。」

「老師放心，我一定幫你。想不到陰氣靈在你身上！」宗元說，「還有，以後我的國文成績都要滿分。」

「那有什麼問題！快告訴我！」陳老師的眼神猙獰。

「我要去問儀萱，上次我告訴你的兩個靈物都對，不是嗎？你要相信我！」宗元說。

「好，我相信你！要快，陳老師的意識一直在抵抗。」

「不要傷害陳老師！」宗元喊著。

「不會的，等我拿到全部的靈物，法力恢復後，就不會有這種問題了。你放心，老師跟儀萱的形體不會有事的。」陳老師說，「我要走了，你快回教室，不要跟任何人說見到我，知道嗎？」

「老師，你要去哪？」

「這你不用管，你知道怎麼跟我聯絡。還有，快點問出金靈物的下落。」

「好。」宗元點點頭。陳老師張望了一下，便快步離開。

19

儀萱放學一回家就把詞選拿出來，每一首蘇軾的詞都仔細的推敲，終於，她看到他寫的幾首〈定風波〉中的其中一首。

莫聽穿林打葉聲，何妨吟嘯且徐行。竹杖芒鞋輕勝馬，誰怕？一蓑煙雨任平生。

料峭春風吹酒醒，微冷，山頭斜照卻相迎。回首向來蕭瑟處，歸去，也無風雨也無晴。

是了，陳老師給她的線索，就在這裡。「料峭春風吹酒醒」。這首詞裡的春風，可以抵抗周邦彥〈滿庭芳〉的法力。

儀萱默唸完蘇軾的〈定風波〉，置身在一個山坡上，兩旁是濃密的樹林。雨點急促，打在葉子上滴答作響，她看到蘇軾腳穿草鞋，身穿蓑衣，手拿著竹杖，輕快的走在坡道上，身邊被煙雨籠罩。這時，一陣春風吹來，冷冽的風讓人精神一振，這就是她要的！

儀萱打起精神運氣，伸手迎向春風，拿到這股能量。她望向蘇軾，蘇軾對她輕輕點頭，態度瀟灑的往前走去。

儀萱離開〈定風波〉，再度進入〈滿庭芳〉。

風老鶯雛，雨肥梅子，午陰嘉樹清圓。地卑山近，衣潤費爐煙。人靜烏鳶自樂，小橋外、新綠濺濺。憑闌久，黃蘆苦竹，擬泛九江船。

年年，如社燕，飄流瀚海，來寄修椽。且莫思身外，長近尊前。憔悴江南倦客，不堪聽、急管繁弦，歌筵畔，先安枕簟，容我醉時眠。

她一進去，迎面而來就是濃濃的酒味，但這次她有所準備，運氣屏住呼吸。即使這樣，她還是感到一陣頭暈。儀萱儘量控制心性，雙手在身前畫圓，用力向前推，送出一股冷冽的春風，將空氣中的酒味一一吹散。儀萱頓時覺得頭腦清新舒爽，終於把環境看清楚。

這裡是一個荒涼偏僻的山邊，偶爾傳來黃鶯幼鳥的鳴叫聲，林子裡的梅子樹在春雨的滋潤下，長得肥大甜美，現在是正午過後，樹林裡有一片清涼的樹蔭。

旁邊有一座精緻的小橋，連著兩個小池塘，橋再過去，是一片綠油油的草地，倚著欄杆往右望，可以看見遍地的黃蘆跟苦竹。

不知道木靈物在哪個植物上？黃蘆？苦竹？梅子樹？還是林子裡的大樹？儀萱一一嘗試，結果都不是。她來到山邊的林子。

這裡的樹木參天，一株比一株高，枝葉茂密，形成一大片的樹蔭，即使豔陽高照，在這片樹蔭裡也感覺涼爽。儀萱靠近樹林，伸手摸了摸第一棵遇到的大樹，不過沒有收穫，於是她往林子的深處走去。

這裡樹葉茂盛，幾乎不見天日，儀萱花了一些時間，試了不少棵樹木，終於在一棵大樹上拿到木靈物。肝屬木，儀萱把這個能量存在肝臟裡。

只是她才拿到木靈物，一團陰影便朝她撞來，她沒有防備，背部一陣劇痛，一股陰冷之氣衝進胸口，儀萱一時承受不住，往後退了好幾步，跌坐在地上。

之前，陰氣靈安排的陷阱，都是用來保護靈物，像是看管水靈物的柳絲，隔絕土靈物的萬里路，隱藏火靈物的暗塵，這些都設定在靈物被找到之前，沒想到，這次的木靈物，不僅有讓人昏睡的酒香，在儀萱拿到木靈物後，還會出手攻擊，真是太陰險了！

這時，一大片的樹蔭化成一團團棉花糖般的黑色陰影，這些影子在林中穿梭，還不停朝著儀萱襲來，她立刻運氣將它們打散。儀萱不敢在此地久留，離開詞境，回到家裡。

儀萱回到房間，虛弱的癱在床上。她拿到四個靈物了，但是也受了重傷。儀萱靜靜的躺著，等著痛苦的感覺減緩，接著她坐起身，調勻呼吸，在全身筋絡穴道運氣，她知道自己傷得不輕，不是一時三刻可以好的。

現在她跟陰氣靈一樣，都要去找對方的金靈物，誰先找到，誰就先恢復法力。對儀萱來說，她想要從重傷中完全恢復，也要靠這份法力。

今天的國文課是代課老師上課。校長告訴他們，陳老師身體不適要請假一個星期。同學們議論紛紛，轉過頭偷看儀萱，畢竟老師昨天的表現實在太怪異了。儀萱不理他們，經過一晚的休息運氣，今天身體狀況好了一點，不過她還是得儘快找到最後一個靈物。她拿出四張紙，把找到四個靈物的四首詞分別寫下來。

水靈物，周紫芝的〈踏莎行〉：

情似游絲，人如飛絮。淚珠閣定空相覷。一溪煙柳萬絲垂，無因繫得蘭舟住。雁過斜陽，草迷煙渚。如今已是愁無數。明朝且做莫思量，如何過得今宵去。

木靈物，周邦彥的〈滿庭芳〉：

風老鶯雛，雨肥梅子，午陰嘉樹清圓。地卑山近，衣潤費爐煙。人靜烏鳶自樂，小橋外、新綠濺濺。憑闌久，黃蘆苦竹，擬泛九江船。年年，如社燕，飄流瀚海，來寄修椽。且莫思身外，長近尊前。憔悴江南倦客，不堪聽、急管繁弦，歌筵畔，先安枕簟，容我醉時眠。

火靈物，辛棄疾的〈青玉案・元夕〉：

東風夜放花千樹，更吹落，星如雨。寶馬雕車香滿路。鳳簫聲動，玉壺光轉，一夜魚龍舞。蛾兒雪柳黃金縷，笑語盈盈暗香去。眾裡尋他千百度，驀然回首，那人卻在，燈火闌珊處。

土靈物，蘇軾的〈江城子〉：

十年生死兩茫茫，不思量，自難忘。千里孤墳，無處話淒涼。縱使相逢應不識，塵滿面，鬢如霜。

夜來幽夢忽還鄉，小軒窗，正梳妝。相顧無言，惟有淚千行。料得年年腸斷處，明月夜，短松岡。

她依不同的順序看這四首詞，仔細的推敲，想從中找到一些關連，或是金靈物的線索，不過不管她怎麼看，都看不出什麼特別的地方。

就這樣，一堂課過去了，下課時間，同學們忍不住圍著儀萱問問題。

「你知道老師怎麼了嗎？」，「你昨天跟老師要香包是什麼意思？」，「老師昨天看起來很虛弱，你們到底在講什麼？」，「老師爲什麼要推你？」

儀萱只是靜靜推開椅子，往教室外走去，一句都沒有回答。

「嘿，我聽說陳老師的事了。」有人拍她的肩膀，是曄廷。

「嗯。」

「陳老師就是讓校長昏倒的那個力量？」曄廷低聲問。

「是的。」儀萱看著他，「你知道多少？」

「你告訴我多少，我就知道多少。」曄廷微笑著說。

儀萱忽然有個衝動，想把全部的事告訴曄廷，包括她是詞靈的事。

「其實，在以丞家的游泳池邊，我對你用了一點法力，而我會有那樣的能量，因爲我是……」儀萱的話還沒說完，聽見有人叫她。

「儀萱。」玲甄看看曄廷，再看看儀萱，「你們在聊什麼？」

「我們都很擔心陳老師。」曄廷說。

「是啊，」玲甄也皺起眉頭，「昨天上課她跟儀萱的對話好奇怪啊，儀萱，你們在說什麼？」

儀萱並不想讓玲甄知道這些事情，咬著下唇沒有回答。曄廷看了儀萱一眼，很自然接著說：「我要去看一下公布欄上下個月運動會的消息，你們要不要一起去？」

「好啊，去看看。」玲甄的注意力馬上被轉移。

儀萱感激的看著曄廷，曄廷跟她似乎有某種默契。「那你們去好了，我要去洗手間。」

這兩天，同學一直纏著她問陳老師的事，讓她很煩躁，現在身體又受傷，她只想放學後趕快回家好好休息。

「儀萱！」又有人叫她。她無奈的回頭，是以丞。

「你放學後有事嗎？」以丞跑過來，跟她並肩走在一起。

「幹嘛？我不太舒服，想回家休息。」儀萱沒好氣的說，她一點也不想解釋自己和陳老師的對話。

「你還好嗎？怎麼了？」以丞聽起來很著急，儀萱有點後悔自己那麼不客氣。

「沒事，可能感冒了。」她隨口編個理由敷衍過去，總不能說被陰氣靈的法力打傷了吧！

「那你放學後快回家休息吧！」以丞真誠的說，「我本來想找你一起去陳老師家，看看老師有沒有好一點。」

去陳老師家？這句話讓儀萱一凜。

「你知道她家在哪？」

「知道啊，我爸媽跟陳老師很熟，她常常來我家，我們也會去探望她和她姊姊。她姊姊行動不方便，神智也不太清楚，都是陳老師在照顧她。如果陳老師生病了，不知道誰可以照顧她。」

「我跟你一起去，我們可以帶一些食物水果過去。」儀萱說。

「你不是說你不舒服嗎？」以丞的口氣還是很擔心，讓儀萱很感動。

「沒事，一點小感冒而已，她們比我還需要幫助啊。」這是眞心話，儀萱聽說陳老師姊姊的狀況，希望自己可以幫上忙。

「好，那我們放學一起過去。」以丞開心的說。

放學後，儀萱跟著以丞來到陳老師家，路上他們先去買了兩個便當，一些水果。

以丞按了電鈴後過了好久，終於，一個中年婦人拄著拐杖，慢慢打開門。

「陳阿姨，你好。陳老師在嗎？聽說她生病了，我帶同學來看她。」以丞說。

「陳老師昨天晚上就沒回來了。」中年婦女跟陳老師長得很像，但是年紀比較大，身材也胖一點。她走路一跛一跛，雙腳似乎不太方便，講起話來也有氣無力的，聲調聽起來很憂愁。「她打電話說有急事要去南部幾天，也不知道哪天會回來。」

以丞跟儀萱面面相覷，陳老師去哪裡了？

「她以前有這樣過嗎？」儀萱問，「她有說要去哪裡嗎？」

「好像臺中，還是臺東……我不記得了。」陳阿姨搖頭，「只說她會再打電話來，要我不要擔心。」

「那你有吃東西嗎？我們幫你帶了一點吃的。」以丞把便當水果拿出來。

「啊，太謝謝你們了。來，快進來。」陳阿姨感激的說。

三人進屋後，陳阿姨手腳笨拙的打開便當，以丞在一旁幫忙。儀萱四處張望，想找找看陳老師有沒有留下什麼線索，這時陳阿姨忽然啊的一聲說：「我的假牙，我忘了我的假牙。」她危危顫顫的想站起來，儀萱連忙扶住她，「假牙在哪？我去幫你拿。」

「在我的梳妝臺……不對，我好像放在我妹妹的梳妝臺上。還是在浴室？不好意思啊，我記不起來。」陳阿姨摸著頭髮傻笑。

「沒關係，我去找。」儀萱拍拍她的手臂安慰她。

廚房旁邊有兩個房間，其中一個看起來像是陳阿姨的房間，裡面有點凌亂，衣服散落一地，梳妝臺上擺滿了瓶罐，可是沒有假牙。於是儀萱來到走廊的另一頭，她打開房門，看到床鋪和桌上擺滿詞選，看來陰氣靈跟她一樣，這陣子都沉浸在詞境裡。

她走到梳妝臺前，果然看到放著假牙的塑膠容器。她拿起塑膠盒正要走出房門，瞥見腳邊有幾張紙，上面有手寫的文字。儀萱心念一動，蹲下來檢查。

紙張上有一個吃到剩下果核的梨子，現在已經變咖啡色了，看起來滿噁心的。儀萱拿起紙張，把梨核抖進垃圾桶，然後看了看上頭的文字，這是陳老師的筆跡，最上面一張謄寫著一首詞，李煜的〈虞美人〉。

她翻開下一張，寫著岳飛的〈滿江紅〉，再來是吳文英的〈瑞鶴仙〉，最後是蘇軾的〈好事近〉。她愣了一下，這些都是她用來藏靈物的詞，她的木靈物、土靈物、水靈物、火靈物就藏在這幾首詞裡。陰氣靈找到這四樣靈物後，把這些詞抄寫下來，它可能想找出這幾首詞之間的關連，跟她一樣！

「儀萱，你找到了嗎？」以丞在外面喊。

「找到了！」儀萱說，她順手把那幾張紙摺好收在口袋裡。

回到客廳後，儀萱幫忙以丞照顧陳阿姨，直到晚上回家，才有機會把那些紙拿出來看。

儀萱把四張紙攤在眼前，看著自己當初選的詞。陰氣靈把這些詞寫下來，應該是想找出最後一個靈物的線索，或是找到靈物後一種展示獵物的表現。

自從老師在課堂上現身，告訴儀萱破解〈滿庭芳〉裡酒氣的方法，儀萱相信，老師一定還會再找機會告訴她最後一個金靈物的下落。可是陰氣靈很聰明，不會冒這個險，它直接帶著老師的形體消失，讓老師沒有機會跟儀萱接觸。

但儀萱隱隱覺得，老師還是會找機會幫她。這件事不容易，尤其每次陰氣靈拿回控制權後，老師留下的訊息一定會被銷毀，老師自己也說，她每次恢復意識的時間都很短。

儀萱當時看到這些手寫的詞，抱著一線希望，心想或許老師有留下什麼訊息，不過看起來只是當初正氣靈選的四首詞而已。

儀萱打算仔細看過一遍收起來，這時，她發現一些奇怪的地方，拿起筆圈起來：

木靈物，李煜〈虞美人〉：

春花秋月何時了，往事知多少。小樓昨夜又東風，故國不堪回首月明中。

雕闌玉砌應猶在，只是朱顏改。問君能有幾多愁，恰似一江春水向東流。

土靈物，岳飛〈滿江紅〉：

怒髮衝冠，憑闌處，瀟瀟雨歇。抬望眼，仰天長嘯，壯懷激烈。三十功名塵與土，

八千里路雲和月。莫等閒、白了少年頭，空悲切。

靖康恥，猶未雪；臣子恨，何時滅？駕長車，踏破賀蘭山缺。壯志飢餐滅士肉，

笑談渴飲匈奴血。又流逝，收拾舊山河，朝天闕。

水靈物，吳文英〈瑞鶴仙〉：

晴絲牽緒亂，對滄江斜日，花飛人遠。垂楊暗吳苑，易水避煙冷，河橋風暖。蘭情蕙盼。惹相思、春根酒畔。又爭知、吟骨縈消，漸把舊衫重翦。淒斷。流紅千浪，缺水孤樓，總難留燕。歌塵凝扇。待憑信，拚分鈿，試挑燈欲寫，還依不忍，箋幅偷和淚捲。寄殘雲，剩雨蓬萊，也應夢見。

火靈物，蘇軾〈好事近〉：

煙外倚危樓，初見遠燈明滅。卻跨玉虹歸去、土散地星月。

當時張範風流在，況一尊浮雪。莫問世間何事、出門頭微映。

除了李煜的〈虞美人〉外，另外三首詞都有錯。有的只錯一個字，有的整句都錯。

這一定是老師留給她的線索！儀萱興奮起來。第一張紙上面的〈虞美人〉沒有任何不對的地方，剛好可以逃過陰氣靈的注意，其他的錯誤，也是要仔細讀才會發現。老師一定是趁自己有意識的短暫時間裡，偷偷改了下面四首詞裡的幾個字。她不能寫得太明顯，以防陰氣靈發現銷毀。

儀萱睜大眼睛看著錯誤，這些訊息一定跟金靈物有關，只是，老師想要表達什麼？這些錯字又指向什麼？

儀萱先把有錯誤的詞句都寫下來。

滅士肉，又流逝，易水避煙冷，缺水孤樓，土散地星月，出門頭微映

她看了又看，實在看不出什麼有意義的句子，所以又隨意做了一些排列組合，像是：

出門頭微映，土散地星月，又流逝，易水避煙冷，滅士肉，缺水孤樓

這句子不要說看起來不像「金靈物在某某人的某某詞裡」，就連排成像樣的詞句也沒辦法，既沒押韻，又不對仗，更不合詞牌。

難道要挑出錯字的部分？老師刻意寫錯，一定有深意。儀萱又重新寫了一次：

滅士，又流逝，易水避，水，土散地，出門

總共十四個字，她又玩了一次排列組合：

士出門，土水流，易滅逝水，避又散地？

士易出，水逝，土散，水流，避門，又滅地？

地滅士，水流土，水又避逝，出門易散？

看起來都不是，這些還比較像廟裡模擬兩可的籤詩。儀萱苦笑。她仔細看這些字，這裡面有很多離開、消去、去除的意思，像是避、滅、出、逝、流、散……這跟金靈物有什麼關係？還是金靈物藏在一首描寫遠離他鄉、相思無限的詞裡？這樣說來也不太對，第一，七成的詞都跟相思愁緒有關；第二，如果眞是這樣，老師圈出幾個字就好，不需要弄出那麼多錯字。

儀萱左思右想，做了很多假設，仍然沒有找到答案。

20

這兩天儀萱進出不少詞境，尤其是老師故意寫錯的那幾個字，卻一無所獲。陳老師依然沒有消息，校長也不知道她的下落或什麼時候回來。儀萱時常感到胸背被陰氣纏繞，精神疲憊不堪，可是她不敢鬆懈。老師被陰氣靈挾持，她要快點找到金靈物。

放學後，她跟以丞繼續去幫忙陳阿姨，送食物、打掃房子。當然，儀萱也趁機尋找其他線索。她翻遍老師房間的詞選，可是詞選裡並沒有特別圈起來的字眼，或折角的頁數，也沒有再看到任何手寫的文字。

這天放學，儀萱一邊坐在書桌前看著那十四個字，一邊翻著詞選。這時手機響起，是宗元傳簡訊給她。

「你在幹嘛？」

「攀岩、跳傘、潛水、刺繡、吞劍、跳火圈……」

「好啦好啦，我知道你在看詞選，找靈物。」

「知道還問。」

「你知不知道陳老師去哪了？」

「不知道。不過你有空就去陳老師家。」

「去她家幹嘛？」

「她姊姊一個人住，而且行動不便，需要幫忙，有空就帶點食物過去，幫忙打掃一下。」

「這樣啊，好，明天我們一起去。」

「好啊！」

「想不到原來陳老師就是陰氣靈，我還一直以為是班上同學。」

「我也是。我很擔心陳老師，她等於是被陰氣靈綁架了！」

「你先不要太擔心，陰氣靈還沒拿到最後一個靈物之前，它不會對形體不利的。」

「是這樣說沒錯，不過老師開始反抗了，

我怕它一氣之下，直接傷害老師。」

「那怎麼辦？」

「我要快點拿到金靈物，一定要比它先拿到！」

「找到了嗎？」

「你說呢？」

「好啦，我從這裡都可以看到你的白眼了。那你的金靈物呢？還安全嗎？」

「安全啊！」

「在哪首詞啊？很好奇耶！」

「李玉的〈賀新郎〉。」

「是喔。為什麼你會選這首詞？有什麼特別的原因嗎？」

「我的金靈物是最後選的，時間緊迫。我想到這首詞的第一句：『篆縷銷金鼎』，裡面的香爐是純金做的，能量很大。偷偷告訴你，香爐裡做成篆字的線香，正是我拿來融合五樣靈物的祕密武器。」

「原來如此。陰氣靈一定找不到。」

那你說的線香，
是要用吸的，還是用手去拿？」

「用吸的。
肺屬金，聞了線香燒出來的煙氣後，
更能增強金靈物的法力。」

「所以，拿到五樣靈物後，
同時吸入那個篆香的煙氣，
就可以融合五樣靈物？」

「等等，你問那麼仔細幹嘛？」

「只是好奇啦！
我又不是陰氣靈，拿不走你的靈物。」

「是嗎？你平常不會問這麼多，今天怎麼忽然這麼有興趣？」

「沒什麼啦，那些靈物又不能讓我擁有法力。你不要想太多！」

宗元這時候，趕緊打開另一個簡訊視窗。

「陳老師，你在嗎？我知道金靈物在哪了。」

「在哪？快說。」

「在李玉的〈賀新郎〉，

我傳我跟儀萱的對話給你看。」

宗元把他跟儀萱的對話截圖，一一轉給陰氣靈看。

「太好了！竟然給你問到了。」

「是啊，不過儀萱已經開始懷疑我了，我隨便敷衍過去，老師請你儘快去拿，尤其不要忘了煙氣的部分。」

「好，我現在就去。等我拿到金靈物，你就可以看我處置正氣靈！」

「等等，老師，別忘了我們的交易，我要法力！」

「沒問題，我答應的事一定算數！」

「你現在就要進去詞境嗎？」

陰氣靈沒有再回應，宗元收起手機，跟媽媽說要出門。傍晚的天氣涼爽，宗元走在路上顯得特別輕鬆愉快，繞過幾條街後，他來到儀萱的家。

這儀萱不簡單，居然從香包這個線索，找到陳老師的形體，害它在課堂上失態，好在它就要拿到最後一個靈物了。它果然沒看錯宗元，只是他畢竟是孩子，太過天真，它怎麼可能給他什麼法力啊！太可笑了。等它的能力恢復，它就要獨占、控制詞境，尤其它現在又有現實世界的形體，加上它原本的法力，不論到哪裡都是所向無敵！而像宗元、儀萱、以丞、曄廷這些知道它祕密的人，一個個都要消失。它忍不住冷哼兩聲。

它默唸李玉的〈賀新郎〉。

篆縷銷金鼎。醉沉沉、庭陰轉午，畫堂人靜。芳草王孫知何處，惟有楊花糝徑。漸玉枕、騰騰春醒。簾外殘紅春已透，鎮無聊、殢酒厭厭病。雲鬢亂，未忺整。

江南舊事休重省。遍天涯、尋消問息，斷鴻難情。月滿西樓憑闌久，依舊歸期未定。又只恐、瓶沉金井。嘶騎不來銀燭暗，枉教人、立盡梧桐影。誰伴我，對鸞鏡。

過了午後，庭院靜悄悄的，廳堂上一個人也沒有，石徑上不見人影，只有一些楊花隨風飄散，處處顯得寂靜無聊，連人都感到懶散了。它來到一個女子的閨房，走了進去，房間的桌上有一個黃金打造的香爐，爐上煙氣繚繞。

動作要快！宗元說儀萱開始懷疑了，這是最後一個靈物，她肯定會拚命維護。

它閃進房門，裡面沒人，煙氣中有股特殊的香味，讓它忍不住大吸一口，想不到正氣靈跟它想的一樣，肺屬金，它當初藏匿金靈物時，也是利用香料輔助。剎那間，它只覺得身體舒暢，血氣通順，體內四個內臟所存的靈物好像也受到牽動，就等著金靈物的加入。

它雙手平舉到金爐之上，感覺金爐的能量緩緩上升。它呼吸運氣，用手承接這股能量，感到能量順著雙手往胸口走，把它存到肺裡。

不對！它心裡大驚，這個能量不是金靈物的能量！怎麼會這樣？就在這時候，它感到一陣暈眩，眼睛沉重，四周的景物晃動，影像重疊。它心中一凜，怎麼會有酒醉的感覺？而且面前有兩個人出現，它凝神屏氣，不對，是一個人。

「你是不是覺得頭昏腦脹，想好好睡一覺啊？」宗元揹著雙手，笑嘻嘻的說。

「這到底怎麼回事？」它大怒，右手一抬，向宗元抓去。原本它預計一掌就可以制住他，可是卻發現自己動作遲緩，宗元嘻嘻一笑，便輕易閃開。它另一掌隨後而至，可是手一抬就又軟下去，這次宗元連躲都懶得躲。

「你把解藥給我！我快拿到金靈物了，我馬上給你法力！」它知道煙氣開始生效，不再浪費精力。它運力抵抗，只覺得眼皮愈來愈重。

「我沒有解藥，你要不要問問她？」宗元手往後一指，它抬頭看，是儀萱！

它終於恍然大悟，知道怎麼回事了。原來宗元的忠誠都是假的，這個下三濫的東西，跟正氣靈串通騙它！而正氣靈，爲了讓宗元得到它的信任，不惜用自己的兩個靈物當誘餌，使它鬆懈戒心，然後再假意編造那些對話，讓它沒有求證就急忙進入詞境。

它怒急攻心，向儀萱撲了過去，只是它還沒碰到儀萱就倒在地上。

不行！它不能就這樣睡著，它的理智告訴它要儘快離開詞境，可是煙氣充滿肺臟，控制它的大腦。它整個人放鬆，再放鬆，只想好好的睡一覺……

「幫我把陳老師移到床上去。」儀萱說。她跟曹澧抓著陳老師的肩膀，宗元抬著腳，把她放到床上。

她在拿木靈物的過程中受傷，精力大減，還好有曹澧跟宗元幫她。

「陳老師看起來這麼矮，想不到挺重的。」宗元嘀咕著。

「曹澧，謝謝你幫我調配的篆香。」儀萱由衷說。

「詞靈多禮了。能幫這個忙，是在下的榮幸。」曹澧拱拱手，「把此香作成篆體字的形狀，不僅外形美觀，還可延長燃香時間。不知詞靈加入的那個酒香是從何而來？」

「來自周邦彥的〈滿庭芳〉，當初陰氣靈想要利用裡面的酒氣置我於死地，好在被我破解了。我剛好以其人之道還治其人之身。」

「我怕它聞出酒味，所以才請你幫我製作篆香。曹家不愧是調香世家，不僅調配出隱藏酒氣的香料，還調製了解藥，讓我們不會受到煙氣影響，眞是太謝謝你了！」儀萱再度道謝。

「詞靈不必多禮。」曹澧也謙虛的回禮。

「陳老師在這裡沒問題嗎？」宗元問。

「陳老師很安全。『篆縷銷金鼎。醉沉沉』，它剛好可以在這裡好好睡一覺，我們就有時間研究陳老師留下來的線索。等我拿到金靈物，恢復法力，再把陰氣靈從她的身體中逼出來，陳老師就會回復原樣了。」儀萱說。

「還好它相信我。」宗元呼了一口氣，「儀萱，你膽子也太大了，想出這個方法，犠牲兩個靈物引它上鉤。」

「還好有用。」儀萱也鬆了一口氣，「也不算犠牲，至少讓它給了你浮萍水救娥兒，也讓它完全相信你，吸進曹澧製作的煙氣，我們才能制伏它。」

「高招啊！」曹澧讚嘆。

「其實當初我並不贊成宗元去當臥底，害怕他有危險，」儀萱說，「不過他很堅持，說服了我。也多虧宗元機警，取得陰氣靈的信任，那些手機簡訊的對話都是事先套好的，讓陰氣靈信任宗元。」

「我們可以去寫劇本了！」宗元得意的說。

「何謂『守雞剪訊』？」曹澧一臉疑惑。

「那是……跟你們的飛鴿傳書很像，用來傳送消息的。」跟古人解釋手機也太難了，只能大概描述一下。

「原來在你們的朝代，是用雞傳送消息的啊！」曹澧點點頭。

儀萱跟宗元相視一笑。

「之前都不敢跟你說我的進度，怕陰氣靈會知道，現在總算可以告訴你了。」回到儀萱的房間後，儀萱把去陳老師家找到那四首詞的事情都告訴宗元。

「所以，」宗元翻著那四張紙，「這些錯字，是老師恢復復意識時，偷偷寫下的線索。只是，爲什麼只有三首詞有錯字？」

「我也不知道。不過李煜的〈虞美人〉是最上面一張，如果在這張上面改動，陰氣靈一定很快就發現不對勁。老師只改動下面三張，而且只改了幾個字，陰氣靈沒仔細翻看不容易察覺。」

「只是不知道這這些字是什麼意思？是要分開看，還是合在一起看？」宗元說。

「我做過許多排列組合，看不出蹊蹺。」儀萱把之前的推測拿出來給宗元看。

「這些句子既不對仗，又沒押韻，邏輯也怪怪的。」宗元說。

「對啊。」儀萱無奈的撥弄額前的瀏海。

「會不會跟原來的句子有關？」宗元問。

儀萱站起身拿出詞選，把原來的詞句寫出來，跟錯誤的詞句對照。

胡虜肉，待從頭，正旗亭煙冷，缺月孤樓，看洞天星月，與劍頭微映

滅士肉，又流逝，易水避煙冷，缺水孤樓，土散地星月，出門頭微映

「胡虜肉改成滅士肉，缺月改成缺水……這代表什麼？」宗元滿臉疑惑，「還是我們應該去這些詞裡面，看看詞境是不是有被更改的地方？」

宗元這樣說也不無道理，之前他尋找魂氣時，很多詩境都被兮行破壞更改。

「好，試試看！」儀萱同意。

宗元背熟五首詞後，儀萱拉著他的手進入岳飛的〈滿江紅〉。岳飛在這首詞裡遙想自己跟將士們一起慶賀打敗金人，宴席上，拿著敵人的肉來佐飯，豪飲著敵人的血，大家爲了這場勝仗而感到欣慰與喜樂。

儀萱跟宗元躲在帳篷外偷看，詞境除了如同浸了水一般的朦朧失焦外，一切如常。儀

萱稍稍放下心。

他們來到第二首，吳文英的〈鶴瑞仙〉。市鎮的城樓籠罩一層冷煙，一彎寒月映著高樓，平常的飛燕現在都不見蹤影。

宗元看著儀萱，儀萱搖搖頭，這裡沒有改變。

儀萱跟宗元來到第三首詞，蘇軾的〈好事近〉。蘇軾人在高樓上，倚著欄杆，看著遠處閃滅不定的燈火。他大口喝著酒，仰望星空，心裡有著脫離俗事，尋找道家福地洞天出世的想法。儀萱跟宗元悄悄立足高樓上，只聽一陣風吹來，從他佩劍上的小孔穿過，聲音細微，無足輕重，正如同蘇軾對世事的感慨。

星月、佩劍還在，也沒有改變。

他們再度回到儀萱的房間，兩人都累壞了，尤其是儀萱，胸背的痠痛讓她幾乎直不起腰。雖然現在陰氣靈被困住了，但他們在找金靈物線索的這條路上也被困住了。

儀萱跟以丞每天都去看陳老師的姊姊，幫她帶些食物，打掃房子。儀萱趁機尋找線索，可是沒有再看到什麼不一樣的東西。

儀萱回到家時，接到宗元的簡訊。

「你們還在陳老師家嗎？

我剛剛練完直排輪，現在可以過去了。」

「你也太沒誠意了，我們結束了你才說要幫忙。」

「對不起，我不是故意的。

教練臨時改時間練習。

我明天一定跟你們去。」

「好！」

「怎樣？還有其他精靈霧的線索嗎？」

「什麼？」

「金靈物啦！

吼，我用語音輸入，

手機亂選字。」

「喔喔，沒關係。

沒有耶，沒新的發現。」

「還是找不到那些錯字的關連性？」

「是啊。唉，好煩喔！」

「陳老師就留下那幾張紙而已，

喔，還有你說吃一半很噁心的離合，哈哈，

老師該不會要你去吃水果吧。

啊，是梨核，這支手機的選字真是讓人暈倒！」

儀萱打字的手停下來，愣愣看著宗元的簡訊。

「怎麼啦？」

「梨核！」

「喔，我開玩笑的。」

「你現在來我家一下。」

「幹嘛？」

「我有東西給你看。」

儀萱不知道在搞什麼鬼，剛剛直排輪教練教了很多高難度的動作，宗元現在全身痠痛，實在不想去，不過還是一邊嘀咕一邊換下髒衣服，往儀萱家走去。

「來，你看這個。」儀萱一臉光彩，又帶著幾分神祕的拉著宗元看電腦，只見儀萱在網站的搜尋方格中，打入「離合詩」三個字。

宗元狐疑的看著儀萱，她按下Enter，最上面出現一行字：

離合詩為文字型態的一種短詩類型，由單一字、多字或字母，以邏輯的方式組成詩文的某部分。

「這是什麼意思？」宗元問。

「你看！」儀萱又找出幾個連結。

宗元大概看了一下，原來古代有離合詩這種東西，算是一種趣味的文字解謎，利用中文文字的特性寫詩。離，代表拆字，把部首或字的偏旁拆開；合，就是合併，把拆開的部分再重新組合。

「離合詩有很多首，離合的方式也巧妙各不相同。有的是拆字合字，有的是後一句詩句的第一個字，是前一句詩句最後一個字的部首。來，你看這首。」儀萱在網路上找出一首詩，「這是東漢的孔融寫的。」

漁父屈節，水潛匿方；與時進止，出寺施張。
呂公磯釣，闔口渭旁；九域有聖，無土不王。
好是正直，女回于匡；海外有截，隼逝鷹揚。
六翮將奮，羽儀未彰；蛇龍之蟄，俾它可忘。
玟璇隱曜，美玉韜光；無名無譽，放言深藏。
按轡安行，誰謂路長。

「這裡，」儀萱拿出紙筆，「第一句『漁父屈節，水潛匿方』，漁這個字，水潛，就是沒有水部，那是不是變成『魚』？然後『與時進止，出寺施張』，『出寺』，前面一句哪裡有『寺』呢？是『時』這個字。一旦少了右邊的『寺』，還剩下什麼？『日』。好，再把前面兩句得到的『魚』，跟後面兩句得到的『日』合併，變成什麼？」

「魚日……魯？」宗元想了想。

「沒錯！所以前面四句離合之後，變成了『魯』！」儀萱說。

「我知道了，所以前兩個句子拆字後得到的字，再跟後面兩個句子拆字後得到的字，合併成一個新的字。」

「沒錯！」儀萱開心的說。

「換我來組組看下一個字，」宗元唸著詩句，「『呂公磯釣，闔口渭旁』，『呂』的兩個口，被蓋掉一個，所以剩一個『口』。『九域有聖，無土不王』，無土……哪個字有帶土呢？啊，『域』這個字有土邊，所以『域』沒有土，那就是『或』。『口』加上『或』……是『國』！」

看到儀萱點頭微笑，宗元知道自己解對了。

「『好是正直，女回于匡』，『女回』……所以『好』這個字沒有『女』，」宗元繼續，「所以這兩句解出來是『子』。『海外有截，隼逝鷹揚』……這個我就看不出來了。」

「這個我也看很久，查了一下，是那個『截』，『隼』是『佳』跟『十』，所以『截』去掉『佳』跟『十』，剩下『戈』，『戈』有勾起來的意思，就是**儿**右邊的那部分。」

「啊，『子』加**儿**的右邊，那就是『孔』了！」宗元說。

「沒錯！下兩句，『六翮將奮，羽儀未彰』，『翮』去掉『羽』，剩下『鬲』；『蛇龍之蟄，俾它可忘』，『蛇』去掉『它』，剩下『虫』。」儀萱繼續說。

「『鬲』加『虫』是『融』。」宗元說。

「『玟璇隱曜，美玉韜光』，沒有『玉』的『玟』，就是『文』。」儀萱也寫下來，「『無名無譽，放言深藏』，把『譽』去掉『言』，只留上半部，然後『按轡安行，誰謂路長』，『按』少了『安』，剩下『手』，所以兩個半邊合起來，是『舉』。」

「我來看看，這幾個字放在一起是『魯』、『國』、『孔』、『融』、『文』、『舉』，太厲害了！」宗元覺得很有趣。

「是啊，孔融不愧是文學神童，作一首詩，裡面不僅有密碼，還暗暗捧了自己一下。」儀萱說。

「不過你給我看這個幹嘛？」宗元好奇的問。

「老師給我的線索就是這個！」儀萱兩眼發光，「你記不記得我說，我發現紙張時，上面有吃剩下的梨核。老師在暗示，要用離合詩的規矩去看她的線索！」

「等等，可是你剛剛不是說，離合詩有很多種規定，那你怎麼知道是孔融的這種？」宗元問。

「哎呀，你不記得孔融讓梨的故事嗎？老師留下梨核，是雙重暗示啊，指的就是孔融這首詩的離合設定！」儀萱興奮的說。

「難怪老師改得不倫不類，原來不是要對仗工整用的，是要離合字句！」宗元也摩拳擦掌，躍躍欲試。「我們趕快來試試看！」

他們把從陳老師家拿來的四張紙攤開，第一張的〈虞美人〉沒有任何錯字，第二張是〈滿江紅〉。

土靈物，岳飛〈滿江紅〉：

怒髮衝冠，憑闌處，瀟瀟雨歇。抬望眼，仰天長嘯，壯懷激烈。三十功名塵與土，

八千里路雲和月。莫等閒、白了少年頭，空悲切。

靖康恥，猶未雪；臣子恨，何時滅？駕長車，踏破賀蘭山缺。壯志飢餐滅士肉，

笑談渴飲匈奴血。又流逝，收拾舊山河，朝天闕。

「我們之前只注意到被改過的字，現在，我們還要去看前面的句子。」儀萱手指著「壯志飢餐」。

「看起來，是『壯』這個字要去滅『士』，所以是『爿』。」宗元用筆寫下來。

「『笑談渴飲匈奴血。又流逝』，那應該是『奴』去掉『又』，所以剩下『女』。」

「『爿』加『女』，是『妝』。」宗元寫下離合出來的第一個字。

「出現了！」儀萱看著這個字，內心非常激動，雙手微微顫抖。

「下一張，」宗元說，「吳文英的〈瑞鶴仙〉。」

水靈物，吳文英〈瑞鶴仙〉：

晴絲牽緒亂，對滄江斜日，花飛人遠。垂楊暗吳苑，易水避煙冷，河橋風暖。蘭情蕙盼。惹相思、春根酒畔。又爭知、吟骨縈消，漸把舊衫重翦。

淒斷。流紅千浪，缺水孤樓，總難留燕。歌塵凝扇。待憑信，拼分鈿，試挑燈欲寫，還依不忍，箋幅偷和淚捲。寄殘雲，剩雨蓬萊，也應夢見。

「『垂楊暗吳苑，易水避煙冷』，『垂楊暗吳苑』這句沒有字有水部啊！」

「是要去『易』，『楊』字去『易』，所以是『木』。」儀萱說，「『流紅千浪，缺水孤樓』，『流』去掉『水』，就是『㐬』，或是『浪』去掉『水』，『良』。」

「『木』加『㐬』，是『梳』；『木』加『良』是『桹』，不知道是哪個？」宗元問。

「兩個都先寫下來。」儀萱建議。

宗元寫下「妝梳」跟「妝桹」。

「第三首，蘇軾的〈好事近〉。」

火靈物，蘇軾〈好事近〉：

煙外倚危樓，初見遠燈明滅。卻跨玉虹歸去、土散地星月。

當時張範風流在，況一尊浮雪。莫問世間何事、出門頭微映。

「『卻跨玉虹歸去、土散地星月』，『土散』……我沒看到土偏旁的字啊！」宗元說。

「我覺得是『去』這個字，」儀萱想了想，「『去』沒有上面的『土』，剩下『ㄙ』。」

「『莫問世間何事、出門頭微映』，『問』跟『間』兩個字都有『門』。去了『門』剩下『口』跟『日』。」

「我覺得是『口』。」儀萱指著上面，「『口』跟『ㄙ』合成『台』。」

「『妝梳台』或『妝梳台』。」宗元寫下來。

「是『梳妝臺』！陰氣靈寫下來的詞是按照它找到的靈物順序，所以得到的是『妝梳臺』，但是我相信，老師要給我的暗示是『梳妝臺』！」儀萱看到他們把謎題解開，眞是太高興了，兩眼閃著光芒。「陳老師房間有個梳妝臺，金靈物的謎底一定在那裡！」

「我們一起去找找看，老師在梳妝臺藏了什麼線索。」

「我去過很多次了，沒看到什麼特別的啊！」

「可是你之前有特別去看那個梳妝臺嗎？有每個抽屜都翻翻看嗎？」

「這倒是沒有。」儀萱總覺得那是陳老師的隱私，不敢亂翻動。

「而且我才剛買了晚餐過去，現在又過去不會太奇怪嗎？」儀萱遲疑著。

「我們買些麵包牛奶，給陳阿姨當早餐，我到時候陪她說話，你再趁機仔細找找。」宗元說。

「好！」說實在，儀萱也不覺得自己可以等到明天。

儀萱和宗元趕到陳老師家，陳阿姨前來應門。

「陳阿姨，你好！」儀萱說，這幾天她來陪伴陳阿姨，跟這位行動不便的長者建立了感情。

「儀萱，你來啦，忘了什麼東西嗎？」陳阿姨看到儀萱也很開心。

「沒有，我另一個同學，他叫做柳宗元，買了一些牛奶麵包，想給你當明天早餐。」

儀萱跟宗元進門，把東西放在餐桌上。

「柳宗元？這名字好熟，」陳阿姨偏著頭說，「好像是我高中同學耶！」

「哈哈，高中同學你好！」宗元俏皮的說。陳阿姨呵呵笑了起來。

「陳阿姨，陳老師說她的梳妝臺有要給我的東西，我可以進去拿嗎？」儀萱問。

「可以啊，唉，我的腳不方便，你自己去拿。」陳阿姨和藹的說。

儀萱迫不及待的走進房間，之前她都在詞選中尋找，梳妝臺上的東西只是隨意看過，可是這次，她認眞的把每個抽屜都打開來找。

她其實不知道該期望看到什麼，如果當初陳老師留一張小紙條，上面寫著詞牌名或作者名，恐怕陰氣靈拿回控制權時，早就發現撕毀了，不可能留到現在。

這座木製梳妝臺可以看出年代久遠，上面的漆有些斑駁，鏡子也模糊不清。梳妝臺上很凌亂，儀萱仔細檢查每樣物品，有化妝品、用一半的保養品、髮夾、梳子、維他命、吹風機，占滿了梳妝臺的桌面。

她試著打開抽屜，梳妝臺的抽屜沒有滑輪，有些卡住。右邊上面的抽屜放著存摺印章之類的東西，儀萱不敢亂動，看完就放回去；左邊上面的抽屜是一些零錢，陳老師好像去過不少國家，留下一些當地錢幣；下面的抽屜則放了小手帕之類的雜物，儀萱一一打開，確認有沒有夾著其他紙條。

這時候，陳阿姨拄著枴杖，宗元扶著她，來到房門口。

「怎樣，有找到嗎？」她好奇的問。

「沒有。」儀萱很氣餒。好不容易解開離合詩的線索，現在又卡住了。

「你在找什麼樣的東西？」

「一張紙條吧。」儀萱也不確定。

「唉，這梳妝臺是我媽媽留下來的，是好久以前的東西啊！」陳阿姨似乎沒在聽儀萱的話，自己陷入回憶，「這是我外公給我媽媽的嫁妝之一。小時候，我最愛看媽媽坐在梳妝臺前化妝，我跟妹妹也喜歡拿媽媽的化妝品玩，還拿花露水噴滿全身呢！不要看它破破舊舊的，當年啊，可是數一數二的大牌子。」

「什麼牌子啊？」宗元隨口問。

「唉……年紀大了，記不得了，你們去問陳老師，她一定知道。」陳阿姨說。

「喔，好。」儀萱敷衍著說。陳老師暫時昏睡中，就算醒來，也不會告訴他們。

「去啊，去問陳老師，」陳阿姨很堅持，「她是國文老師，一定會記得的，那也是一個詞牌的名字。」

儀萱的腦袋轟的一聲，原來如此！梳妝臺的牌子是一個詞牌名！陳老師發現陰氣靈藏匿金靈物的詞境，剛好跟她的梳妝臺牌子一樣，所以用盡方法，寫下謎語，就是要讓儀萱來看這個梳妝臺。

「你說，這是一個有名的牌子？」宗元緊張的問。他也想到其中的關連了。

「是啊，當年要嫁女兒，一定要選這牌子的傢俱。」

「陳阿姨，你再想想看，是哪個牌子？」儀萱焦急的看著她。

「唉，我想不起來。」陳阿姨苦惱的敲著額頭。

「沒關係。」儀萱安慰她，可是心裡很失望。

「很多有名的牌子，喜歡把品牌名稱刻在商品上，像是蘋果電腦，說不定這個梳妝臺也有！」宗元的提議讓儀萱心情大振。

他們兩個上上下下仔細搜尋梳妝臺，任何一個角落都沒放過，還是沒看到標記。

「後面，後面！」陳阿姨忽然大叫，「在鏡子後面！」

宗元跟儀萱合力把梳妝臺從角落移出來，這梳妝臺靠牆太久，後面都是灰塵跟蜘蛛網，不過在鏡子背後的左上方，還是可以清楚看到三個刻印的宋體字——浣溪沙。

「對、對，就是〈浣溪沙〉，陳老師很喜歡這個名字。」陳阿姨咧嘴而笑。儀萱跟宗元更是高興得跳起來，他們愈來愈接近謎底了。

「那陳老師有沒有說誰寫的〈浣溪沙〉最令她印象深刻？」宗元問。不要說〈浣溪沙〉是個很常用的詞牌，即使同一個作者，也寫了很多首〈浣溪沙〉，像蘇軾就至少就寫了

二、三十首〈浣溪沙〉，不過如果陳阿姨可以記得詞人的名字，那他們要尋找的範圍就可以縮小一點。

「誰寫的啊？」陳阿姨偏著頭想，又搖搖頭，「不知道，沒聽她說過。」

「沒關係。陳阿姨，謝謝你，我們先走了。」儀萱說。

「你不是要找東西嗎？」陳阿姨問。

「我找到了！謝謝！」儀萱笑著說。

陳阿姨有點困惑，不過還是開心的點點頭。「找到就好。下次再來玩啊！」

22

「儀萱，這眞的是好心有好報耶。你去陳老師家幫忙她姊姊，沒想到陳阿姨也幫你解開靈物的線索。」宗元跟儀萱並肩走回家。

「其實剛開始是以丞的主意。」儀萱有點不好意思。

「但是你願意去，跟她培養感情，她才說出這件陳年往事，不是嗎？」宗元微笑著說。

「我們把陳老師困住，當然要幫忙照顧她的姊姊啊。我們得快找到金靈物，讓正氣靈恢復法力，把陰氣靈從陳老師的身體釋放出來。雖然她陷入昏迷，可是形體也愈來愈虛弱了。」

「是啊，你對〈浣溪沙〉有什麼想法？」宗元看著她，「知道是哪首詞嗎？」

「還不知道。我們一起找。」儀萱說。

他們一到儀萱家就開始翻起詞選，把所有詞牌名是〈浣溪沙〉的詞都找出來，然後一個字一個字確認，看有沒有跟金有關的詞句。

「等等！」儀萱抬起頭，似乎想到什麼，「以丞的線索！我差點忘了，以丞告訴過我他看到一些影像。」

「我記得他說什麼白髮男人，結果是『鬢如霜』。」宗元翻了個白眼，「他剩下的線索是什麼？」

儀萱努力回想，「白髮男人、梳頭女子、酒、枕頭、紅蠟燭……」忽然，她臉色一變，整個人愣住。

「不會吧……」儀萱喃喃自語。

「怎麼了？」宗元擔心的推推她，「喂，發生什麼事？你想到是哪首詞了嗎？」

儀萱嘴巴微張，眼神古怪。

「原來是這首〈浣溪沙〉。我早該想到的，竟然繞這麼一大圈。」儀萱臉上表情又開心又驚訝，又搖頭又點頭，又微笑又苦笑。

「到底怎麼回事啊？是哪首〈浣溪沙〉？」宗元忍不住更用力推她，不過儀萱突然起身去拿李清照的詞選，宗元差點從椅子上跌下去。

「這首。」儀萱一下就翻到她要的頁數，「以丞最後一個線索，紅蠟燭就在裡面。」

莫許盃深琥珀濃，未成沉醉意先融，疏鐘已應晚來風。
瑞腦香消魂夢斷，辟寒金小髻鬟鬆，醒時空對燭花紅。

宗元看了看這首詞，不知道有什麼特別之處。「你爲什麼說早該想到？」

「因爲我選的金靈物，也就是陰氣靈千方百計想比我先拿到的金靈物，也是在這首詞裡。」儀萱緩緩的說。

「什麼！你是說，你跟陰氣靈，當初選了同一首詞當作金靈物？」宗元非常驚訝。

「是啊，」儀萱苦笑，「我跟它相生相剋，終究同時選到辟寒金當作金靈物。」

「原來如此。那個辟寒金是什麼？」宗元問。

「《拾遺記》裡寫道，以前的昆明國曾經進貢一種鳥，這種鳥長得像雀，全身覆蓋黃色柔密的羽毛，非常漂亮可愛。牠有個特別之處，傳說牠在快樂的時候，會高聲唱歌，同時吐出一粒粒如小米的金屑。這種鳥非常怕冷，不小心就會凍死，所以宮裡替牠們築了小屋子，讓牠們辟寒，叫辟寒臺；至於用這種鳥吐出的金屑做成的金飾，就叫辟寒金。當時宮裡的女子爭相用這種辟寒金來做頭飾，這首詞裡的女子，頭上的小髻，就別了用辟寒金所做的髮簪。」儀萱說。

「所以你和陰氣靈都拿辟寒金當金靈物，」宗元點點頭，「陰氣靈千算萬算，一直要找最後的靈物，沒想到就在它自己選的詞裡。」

「是啊，我也沒想到。」

「那我們快進去拿吧！」宗元催促著。

「等等，陰氣靈在每個藏著靈物的詞境裡，都會佈下陷阱或陰毒的法力，讓我不能接近。我費了好一番力氣才破了水靈物的柳絲、土靈物的萬里路、木靈物的酒氣、還有火靈物的暗塵。我猜它也在金靈物背後設下什麼法力，讓我不能靠近。」儀萱皺眉沉思。

宗元回頭看了看詞句，「這首詞前兩句講到琥珀色的濃酒，還有沉醉，它會不會用跟木靈物一樣的酒氣來阻擋你？」

儀萱點點頭，「很有可能，我會把〈定風波〉裡春風的能量帶著。」

「還有下一句『晚來風』，它可能變出一個龍捲風或颶風，讓你還沒拿到辟寒金就被吹走了。」

「嗯，我再想想有什麼東西可以阻擋。」儀萱說。

「下面這句『瑞腦香』是什麼？」宗元問。

「那是一種香料，從龍腦樹上萃取出的白色晶片，味道濃郁，燒出來的煙少，我就是用這個香氣來調和五種靈物的。」儀萱解釋。

「原來上次我們騙陰氣靈去〈賀新郎〉，你說什麼肺屬金，拿金靈物時要吸取煙氣融合五種靈物不是編出來的。」宗元佩服的說。

「當然不是。事態緊急，我哪裡編得出新東西，而且我也不擅長做這種害人的事。」儀萱笑笑。

「這也不算害人。把陰氣靈困住，我們今天才能好好找線索，要是先被它拿到，就有更多人受害了。」宗元安慰她。

「但願如此。」

「所以，陰氣靈也可能用同樣的方法嗎？在那個瑞腦香中加入什麼毒藥？」

「我剛剛也這樣懷疑。不過，如果陰氣靈在進入李玉的〈賀新郎〉時，沒有懷疑那煙氣被人動手腳，馬上深吸一口氣，很有可能它在『瑞腦香』並沒有施法。」

「你的推論很合理，不過我們還是要防備，帶上曹澧調配的解藥總是比較安心。」宗元建議。他考慮得很仔細，儀萱心裡很感激。

「最後一句，就是以丞說的『紅蠟燭』，有沒有可能也被動手腳？」宗元又問。

「也有可能，它或許會放出大火來逼我離開。」儀萱想了想，「那個浮萍水也要帶著。」

「所以，我們有蘇軾的春風可以吹酒醒，曹澧的解藥可以解毒煙，冰冷的浮萍水可以降火熱，就剩下那個風害了，有什麼可以擋風、止風的東西？」宗元一邊說，一邊翻著詞選。儀萱也低頭翻找。

「你看這裡，」宗元指著詞選，「『料峭春風吹酒醒，微冷』就是你拿的春風；而下一句『山頭斜照卻相迎。回首向來蕭瑟處，歸去，也無風雨也無晴』，山頭的落日斜陽照著蘇軾，讓他在回家的路上無風無雨。」

儀萱仔細咀嚼這幾句話，點點頭，「太好了！眞有你的。我現在就去蘇軾的〈定風波〉一趟，去拿那個落日餘暉的能量，這次絕對要做好萬全準備。」

儀萱來到〈定風波〉，她站在山坡上，雨勢不斷，雨滴打在林中的葉子上，聲聲作響。籠罩山林中的煙雨讓儀萱感到一陣寒意，不過她耐心的等待，果然，沒多久，西邊山頭的雲層漸漸散去，夕陽露臉，雖然溫度還是很低，但是那微微的暖意終於讓風雨停歇。

儀萱伸出手，讓陽光照到她的手上，她拿到斜照的能量。

「怎樣？」宗元看到儀萱醒來，關心的問。

「拿到了，沒問題。」儀萱笑笑，穿梭詞境和先前的舊傷讓她神情有點疲憊，「現在我們把陰氣靈可能使出的把戲都模擬過，也拿到可以應對的能量，可以去〈浣溪沙〉找辟寒金了。」

「要不要明天再去？」宗元有點擔心。

「不用，」儀萱打起精神，「我們還得救陳老師。」

「好，那我跟你去。」宗元堅定的說。

儀萱考慮了一會兒，她不希望宗元遇到危險，不過她也知道，宗元不會讓她一個人去。她想了想之後，點點頭。

這是最後一個靈物了。儀萱有點緊張，心裡很慶幸有宗元陪她。

宗元背下〈浣溪沙〉後，儀萱握住他的手，默唸詞句。

莫許盃深琥珀濃，未成沉醉意先融，疏鐘已應晚來風。

瑞腦香消魂夢斷，辟寒金小髻鬟鬆，醒時空對燭花紅。

這首詞是描寫深閨寂寞的少女心境，他們來到一個佈置雅緻的閨房，一進房門就聞到一股濃厚的酒氣，儀萱跟宗元警覺的對望一眼。他們先屏住呼吸，再慢慢吸進一小口氣，一會兒後，他們發現這酒氣雖濃，但是無毒無害。

兩人稍稍鬆懈下來，小心的望向四周，只見房裡正中央有個木桌，雕工細緻，跟桌旁的四張木椅形成一套，看得出是上好的傢俱。桌上有一對紅蠟燭，努力想把黑夜照亮，蠟燭旁有個小香爐，裡面燒著瑞腦香，淡淡的煙氣上升，香味濃郁，不過並沒有摻進毒煙的跡象，儀萱之前的推論沒錯，陰氣靈沒有把障礙設在瑞腦香裡。

香爐前有一壺酒，一個杯子，還有灑出來琥珀色的酒液，一個少女伏在桌上。

少女束起長髮，辟寒金做成的髮簪鬆鬆垮垮的斜插在髮髻上，在微弱的火光裡閃著金光。儀萱指指髮簪，宗元點頭表示看到了。

少女似乎醉倒了，他們不想吵醒她，只想默默取得金靈物的能量。這時，遠處的寺廟響起疏落的鐘聲，伴隨著清風陣陣傳來，儀萱跟宗元馬上全身警備，站著不敢動，害怕遭受狂風吹襲。不過他們等了一會兒，只覺得清風拂面，舒服涼爽，沒有其他異狀。

儀萱跟宗元對看一眼，確定彼此都沒事。

「看來我們白準備了，陰氣靈沒有在這首詞裡施加什麼惡毒的法力。」宗元低語。

「這樣更是不尋常，」儀萱還是一臉擔憂的樣子，「不知道它在耍什麼花樣。」

「那現在怎麼辦？難道就這樣離開？」宗元問。

「不，」儀萱看看四周，堅定的說，「不管怎麼樣，我都要拿到金靈物。」

「好，那我守在門口。」宗元一邊說，一邊觀察屋外的狀況，「要小心！」

儀萱點頭，放輕腳步走向少女，少女趴在桌上，一動也不動。儀萱慢慢伸手靠近少女的秀髮，這時少女忽然坐起來，她臉上帶著酒暈，眼神模糊的看著儀萱。

「你是誰？怎麼會出現在我的房裡？」少女生著一張圓臉，嘟著小小的嘴，用細長的眼睛看著儀萱，表情充滿疑惑。

「我是詞靈。」儀萱觀察她。

少女好像想起什麼似的，帶著醉意搖頭晃腦，「嘻嘻，我知道，我在詞境裡，這詞境是歸你管的。」

「是的，我現在遇到麻煩，必須跟你拿個小東西。」儀萱說。

「什麼東西？」少女歪著頭問。

「其實我也不是要拿走它，只是要借用它的能量，是你頭上的辟寒金。」

儀萱的話才一說完，少女馬上霍地站起來，臉上表情大變，剛才的天眞慵懶都消失了，只見她兩眼通紅，咬牙切齒，彷彿剛剛儀萱要取的是她的性命。

「不行，誰都不可以拿走它！它是我情郎給我的信物！」少女扯著喉嚨大喊，彷彿對儀萱有滿腔的怒火。

詞靈之前來這首詞境時，少女也是半醒半醉，但聽完詞靈的解釋後便爽快答應。可是現在少女的反應異常激烈，她知道，肯定是陰氣靈搞的鬼，陰氣靈用來阻擋金靈物被取走的陷阱原來就在她身上！

「我想起來了。詞靈……對，就是你，你帶走我的情郎，讓我在這裡獨守空閨！我不會放過你的！」少女呲牙裂嘴，對著儀萱大吼，圓圓的臉上滿是恨意。她右手一揚，酒壺騰空飛起，她手再一指，壺身傾斜，琥珀色的酒液流出，酒壺也開始在空中繞著房間飛轉，酒液灑滿三人全身。

本來只有酒氣的酒，這時發出一股特殊的香氣，儀萱和宗元頓時感到酒意，全身虛軟無力。

不好！儀萱暗叫，她吃過這個虧，知道這是陰氣靈在〈滿庭芳〉裡用的法力。

「屏住呼吸。」儀萱大喊。宗元也感到頭暈，連忙運氣抵抗。

儀萱費了好大的力氣，才阻止自己倒頭睡去，她拿出在蘇軾〈定風波〉取得的春風能量。「料峭春風吹酒醒。」她催動掌心的內力，只感覺一道冷冽的風吹來，她和宗元兩人打了個冷顫，一一清醒過來。

少女見狀更加憤怒，右手往旁一甩，酒壺摔在牆上，碎片落滿地。接著，她再度揚起手，這次，桌上的紅燭溜溜的打轉。

只見紅燭愈轉愈快，本來昏黃的燭火，忽然猛然往上竄，變成熊熊烈火。少女手往儀萱指去，燭火像是找到獵物一樣，轉個方向朝儀萱吞噬過來。儀萱就地打滾，勉強避開火勢。

然而一轉眼，整個房間都燒了起來，儀萱連忙拿出〈青玉案〉裡的玉壺，雙手運氣，把玉壺送出去。只見玉壺繞著紅燭旋轉，儀萱大喝一聲，玉壺裡的浮萍水射出，灑落在紅燭上，火頭瞬間熄滅，滿室大火化作點點星火在空中飄散，要不是他們現在身處險境，儀萱眞想稱讚一聲好美。

空氣中的溫度終於降了下來，可是隨之而來的，是一陣風。只聽少女大聲吆喝，風勢隨著吆喝聲愈來愈大，門窗牆壁都在震動，轟隆隆的聲音震耳欲聾。

「快把門關上！」儀萱對著在門邊的宗元喊。

宗元轉身要把門關上，但是已經來不及了，風勢猛然灌入，兩片木門攔腰而斷，變成四片木板，像是風箏一樣，隨風飛去。

狂風肆虐整個房間，每一樣東西都被掃到地上，連厚重的木桌也翻倒了。儀萱被風勢捲向屋外，連忙拿出從蘇軾〈定風波〉中取得的斜陽能量，運氣施法，只見黑暗中射出一道淡淡的日光，光芒一下子充滿整個房間，穿過如今已空蕩一片的房門位置向外射去。接著，儀萱感到身上那股強迫的力道消失，外頭一片清朗，果然也無風雨也無雲。

儀萱現在知道，陰氣靈把這首詞句裡的物品都轉化成邪惡破壞的力量，而且關鍵就在少女身上。但它是如何觸發的呢？因為剛開始對話時，少女明明還好好的。

儀萱猜想，下一個難關就是桌上的瑞腦香了，果然，少女看大風消退，臉上怒氣更盛，她閃到桌前，雙手快速上下揮動，催動金爐裡的煙氣，一道輕煙裊裊升起。

「快吞解藥！」儀萱大叫。宗元和儀萱各自從懷裡拿出事先準備好、曹澧調配的解藥，放入口中服下。接著儀萱搶到桌前，運氣揮手，把裝著瑞腦香的金爐搶了過來，朝著大開的房門丟了出去。

少女沒想到儀萱可以一一破解她的招式，微微一愣。儀萱趁這個機會，上前抓住少女的手，可是少女動作也快，立刻閃了過去，隔著被吹倒的桌子跟儀萱對峙。

「小心！」宗元想要幫忙，可是他沒有法力，只能在一旁乾著急。

「把我的情郎還給我，我今天就饒你不死！」少女瞪著血紅的雙眼，沉聲說道。

「你聽我說，我是詞靈，你現在被陰氣靈控制了。我要拿到金靈物的能量，不然你我都會灰飛煙滅！」儀萱設法跟少女溝通。少女的眼神一度流露出困惑，似乎內在有一部分動搖了。

「你說什麼我聽不懂！」少女口氣激動。

「儀萱，你跟她講什麼道理啊！」宗元焦急的說。

儀萱不理他，持續盯著少女的眼睛，「你不要動，我慢慢走過去，我不會傷害你！」儀萱看少女皺眉，但是沒有行動，於是小心一步步靠近。就在她準備要出手抓住少女的肩膀時，一個熟悉的聲音響起。

「站住！」

儀萱一驚，回頭一看，是陳老師。她不知道如何逃出詞境，現在她一手抵著宗元的後背，一手掐在宗元的脖子上，處處掌握他的要害。

「想不到你還是找到這裡。」陰氣靈兇狠的瞪著儀萱，「我不會讓你拿到金靈物的。」

儀萱的肺部並沒有覺得任何異常，看來，陰氣靈還不知道她想找的金靈物也在少女頭上，只是現身來阻止儀萱，她暗自放下心。

「你把宗元放開！他跟整件事沒關係！」儀萱沉聲說道。

「沒關係？哼，先不用說他騙了我，這點，他就得該死一萬次。不過你放心，我得先用他制住你，讓他看我打倒你再死。快告訴我，你的金靈物在哪裡？」陰氣靈面色扭曲，語氣陰沉。

「儀萱，你快去拿金靈物，不要管我。啊……」宗元感到喉嚨一緊，一股陰氣灌進他的體內，忍不住痛得大叫。

「宗元！」儀萱焦急的大喊，停在原地不敢妄動。

陰氣靈冷笑一聲，轉頭對著少女說：「快去抓住她，她中了我的陰氣，鬥不過你的，快去！」

少女似乎不了解眼前的狀況，遲疑沒有動手。

「不，你不要聽她的，我是正氣靈，我才能幫你啊！」儀萱著急說。

「快動手。她帶走你的情郎，現在還想搶你的辟寒金！」陳老師的話一說完，少女馬上臉色大變，呲牙裂嘴，眼睛泛紅。儀萱恍然大悟，原來「辟寒金」三個字是關鍵，陰氣靈在這句詞上施法，只要少女聽到這三個字馬上變了個人。

酒壺被少女摔碎，金爐被儀萱丟到外面，室內斜陽的日照還亮著，狂風進不來，如今只剩下被掃到床角的紅燭還在。少女大吼一聲，雙手運氣，紅燭上的火焰迅速竄升，熊熊烈火朝儀萱直撲而來。

儀萱身體蹲低，在地上打滾躲了過去，同時大喊：「你不要被她控制了！」可是少女根本聽不進去，一團火勢兇猛而至，儀萱一邊躲避，一邊四處張望尋找玉壺，剛才那陣大風像龍捲風一般掃過整個房間，沒有一樣東西在原位。只是火勢猛烈，她還沒找到玉壺，火焰已經逼近眼前，她運氣再一躲，藏身到傾倒的桌面後方，但是沒多久，木製的桌子也燒了起來。

「在找玉壺嗎？」儀萱聽到陰氣靈的冷笑抬起頭，看見玉壺在陰氣靈的腳邊，被它的右腳踩住。

儀萱感到一股絕望，她現在沒有時間重新收集浮萍水，她不是當場被燒死，就是向陰氣靈認輸，告訴它金靈物的下落，但即便這樣，也是死路一條。

不行！儀萱不輕易認輸的性情被挑起來，她不能放棄！

儀萱看著宗元，靈機一動，對著少女大喊：「你快住手，我知道情郎在哪裡！」剛剛不管怎麼說，少女都不爲所動，但是她一聽到情郎兩個字馬上停手，屋子的火勢消退不少。

「不要聽她的，別忘了，她只想要拿你的辟寒金！」陰氣靈從中阻撓。

「我眞的知道你的情郎在哪裡！」儀萱又說。

少女被陰氣靈施下的法力，跟心裡對情郎的愛意在抗衡。

儀萱見狀知道機不可失，指著宗元大喊：「你的情郎就在那兒，我把他帶來找你，你看到了嗎？陰氣靈控制你，還控制你的情郎，他現在有危險了！」

正氣靈跟陰氣靈各自用五行煉成的凝珠把對方震出形體，兩個人的法力都減弱一大半，儀萱在拿木靈物的過程中，被林子裡的陰氣所傷，而陰氣靈在被儀萱困在李玉的〈賀新郎〉時，精力也消耗許多，現在兩人一樣虛弱，反而房中的少女當初被陰氣靈施法，把詞句中四樣物品的能量轉爲陰毒的法力，注入到她體內，現在，就看她如何使用這股能量。

「辟寒金！辟寒金！」陰氣靈大喊，想要激起少女更多的怒氣。

少女看著儀萱大吼一聲，手一揚，本來削減的火勢又燒起來。陰氣靈臉上露出冷笑。只見大火在空中翻騰，眼看就要燒到儀萱，儀萱本來就在桌子後，現在已經躲無可躲。忽然間大火一個轉向，迅速兇猛的朝陰氣靈席捲而去，陰氣靈沒料到事情的轉變，愣了一愣，大火瞬間來到面前。她快速拉過宗元，擋在自己身前，還把宗元推入火海中，只聽宗元啊的慘叫一聲便昏了過去。少女氣她狠毒，手一揮，火舌朝著陰氣靈捲去，陰氣靈慌亂中想要後退，只覺得腳下踩到什麼東西，一個不穩跌在地上，原來是它剛才踩住的玉壺。這時大火纏了上來，陳老師的形體痛苦的哀號，在地上打滾。

儀萱見狀立刻衝出桌子後面，少女跟她並肩，兩個人同時朝陰氣靈方向閃去，儀萱知道她的心意，讓她出手救宗元，而她拖著陳老師往旁邊移開，順勢點了背後一些穴道，制住了她。少女看宗元脫離陳老師的威脅，也收起法力，讓大火在空中旋轉，愈轉愈小，最後收回燭芯裡。

儀萱覺得筋疲力盡，胸背更是疼痛不堪，不過她還是打起精神，照料昏迷中的宗元跟陳老師，他們兩個身上都有嚴重的燒傷，皮膚紅腫發熱。儀萱撿起地上的玉壺，將裡面的浮萍水撒在他們的身上，這浮萍水果然有神效，他們的皮膚馬上回復原狀，雖然還沒清醒過來，但是臉色看起來和緩許多。

儀萱坐在一旁喘氣，少女經歷一場內心的糾結抗拒，也忍不住覺得心驚。儀萱抬頭看她，心懷歉疚。

「你還好嗎？謝謝你，我要告訴你一件事，很抱歉，他不是你的情郎，他是……」

「我知道。」少女眼中帶淚，平靜的說，「我內心的情感跟陰氣靈加諸在我身上的法力相抗衡，最後我的情感勝了，那時候，我就清醒過來了。雖然知道他不是我的情郎，可是看他被陰氣靈挾持，我想像如果是我的情郎被如此對待，那該有多可怕啊！所以我還是決定救他。」

儀萱看著她，覺得這個少女真是不簡單，她對她的情郎一定有非常深厚的感情，讓她足以抵抗陰氣靈強加在她身上的法力。

「謝謝你！」儀萱眞誠的說。

「他是你的情郎嗎？」少女眼神帶著俏皮，單眼皮的她笑起來有種成熟的魅力。

「不是，他是我的朋友，」儀萱笑了笑，「他的名字是柳宗元，不過不是唐朝的那個詩人。」

「我叫元霜，你說你是詞靈？」元霜說，「我見過詞靈，她來過這裡兩次，都說要拿我頭上辟寒金的力量。第二次來的時候，還說要給我一些法力。」

「我叫儀萱。現在正氣靈在我身上，而陰氣靈在那位姑娘身上。這件事說來話長。」

儀萱把詞靈如何一分爲二，正氣靈跟陰氣靈各自找到五樣靈物把對方震出形體後，在人類世界找到新的形體，還有他們尋找靈物的過程，一五一十的告訴元霜。「所以，我必須要拿到最後一項金靈物的能量，才能恢復法力。」

「你恢復法力後，打算怎麼處置陰氣靈？」元霜用細長美麗的雙眼看著她。儀萱看著她清澈的眼神不禁一愣。

一直以來，她努力推敲詞句，找出五樣靈物，都是爲了恢復法力、重整詞境，以及救回陳老師，但是她從來沒有好好思考該怎麼處置陰氣靈。

「我……」

「喂，你不可以傷害儀萱！」宗元醒了，她看到儀萱跟元霜兩人汗水淋漓，神情疲憊的坐在地上，緊張的爬過來，擋在儀萱面前。

「沒事了，宗元，」儀萱安慰他，「元霜用她的力量幫我們制住了陰氣靈。它現在只能乖乖的待在這裡，哪個詞境也去不了。」

宗元看看躺在地上的陳老師，放下一顆心。

「所以我們現在講辟……講那三個字，她不會又發瘋吧？」宗元狐疑的問，「還有，我不是你的什麼情郎喔！」

宗元狠狠瞪了儀萱一眼，她老是爲了靈物，隨便幫他配對。上次說什麼他愛慕吳采璘，這次又說他是元霜的情郎。

儀萱只是抿著嘴偷笑。

「我知道。」元霜瞇著眼，「你放心，我會幫儀萱拿到辟寒金上面的能量的。」

儀萱感激的對她點點頭。元霜轉過身子，背對著儀萱，髮簪斜斜的插在她的髮髻上，上面的辟寒金閃著光芒。儀萱伸出手，雙掌對著髮簪，緩緩呼吸運氣，金靈物的能量從兩個掌心進入，沿著手臂緩緩上升，來到肩膀，往中心集中到華蓋穴，然後往下來到胸部的膻中穴，再順著脈絡，擴散到肺中。

只聽啊的一聲，陰氣靈在劇痛中甦醒，她被點了穴道，不能動彈，但是她的肺部一陣劇痛，她知道儀萱已經拿到金靈物了。

「想不到，終究給你拿到了。」陰氣靈冷冷的說。

「是的，」儀萱平靜的說，「這場混戰要結束了。」

23

儀萱閉眼運氣，取出存在五臟裡的能量後，任由能量在體內慢慢運轉。當初，陰氣靈拿五樣靈物，加上它的法力做成黑凝珠，封住正氣靈的法力，現在她拿到五樣靈物後，明白封印自己的力量從何而來，也明白怎麼去抵銷這股力量。

五行相生相剋，金剋木，木剋土，土剋水，水剋火，火剋金。她用拿到的金靈物能量去剋體內的木靈物能量，木靈物的能量去剋土靈物的能量，土靈物的能量去剋水靈物的能量，水靈物的能量去剋火靈物的能量，再轉回來，用火靈物的能量去剋金靈物的能量。

五行繞行完成，儀萱只覺得全身舒暢，彷彿生命重新開始。束縛住她的那股黑暗力量，從四肢、頭頂，還有每一吋皮膚往內集中，來到胸口膻中穴，儀萱深吸一口氣，張開嘴巴，一個黑色晶亮的東西從喉嚨射出，她用手接住。

「這就是黑凝珠？想不到小小一個東西有這麼大的力量。」宗元俯身去看，只見這顆黑凝珠呈水滴狀，大約彈珠大小，漆黑中閃著玻璃般的光亮，在儀萱手掌中旋轉。

「我總算把它拿出來了。」儀萱說。她另一手朝著黑凝珠施法，只見黑凝珠馬上化作一道黑煙，消失在空中。

「你的法力都恢復了嗎？」宗元開心的睜大眼睛。

「是的。」儀萱看看四周，她的手一揮，先前被破壞的閨房馬上恢復原樣，桌子跟椅子回到原來的位置，桌上的紅燭發出微光，金爐裡的瑞腦香也繼續燃燒，散發濃郁的香氣。

「那你可以逼出陰氣靈，讓陳老師回復原來的樣子嗎？」宗元問。

「剛才元霜問我怎麼處置陰氣靈，我想我知道該怎麼做了。」儀萱說完轉頭看著元霜，「元霜，有一件事我要先徵求你的同意。」

「詞靈請說。」

「我不是完整的詞靈，只是正氣靈。」儀萱搖搖頭，「我要跟陰氣靈合而為一，詞靈才能完整。」

「什麼！」宗元大聲叫道。

「我是不會再跟你待在同一個形體裡的。」陰氣靈冷笑。

儀萱不理會他們的抗議，「詞境裡的哀愁、傷感、痛苦、悲情、憤慨，都是造就它永遠不朽的一部分，沒有這些情緒，詞境就會空洞沒有生命。陰氣靈的存在是必要的，只是這些負面的情緒要被接受、消化、轉移，而不是讓它無限的擴大，控制整個詞境。

「所以，我要重新在詞境裡找個形體，讓正氣靈和陰氣靈共同存在。」儀萱看著元霜。

「我？你覺得我可以？不行不行！」元霜揮著手。

「是啊，儀萱，我不贊成你留著陰氣靈，就算要留著，也不該找這個酒鬼啊！」宗元說，他對元霜剛才的攻擊還心有餘悸。

「什麼酒鬼！」元霜瞪著宗元，「你沒仔細推敲詞意嗎？『未成沉醉意先融』，我沒有沉醉，只是有點酒意，心情融洽罷了，意識還是很清楚的。」

「沒錯。而且，元霜的心性可以控制住陰氣靈的法力，她的自制力非常少見。」

「是啊，少見到一個『辟寒金』就可以讓她發瘋。」宗元不以爲然的說。

「那是因爲陰氣靈爲了保護金靈物，所施的法力太強了。別忘了，她後來是靠自己對情郎的愛意就制住傷人的念頭，這不是容易的事。」儀萱繼續說，「詞靈需要的，正是這樣的形體。過往，正氣靈跟陰氣靈有衝突，只想把陰氣靈趕出體外，沒有想到陰氣靈在詞境的重要性，也沒想到要靠自己的力量接受不完美的部分，把它轉變成正面的力量，所以整件事才失去控制，弄得詞境模糊衰敗，還殃及無辜的陳老師、以丞、校長。」

「所以這是正氣靈的決定，還是儀萱的決定？」元霜問。

「這是我們兩個人共同的決定。」儀萱微笑，「所以你願意嗎？」

「我相信詞靈。」元霜圓圓的臉上有著堅毅的表情。

「好！」儀萱點點頭，取過元霜的髮簪，來到陳老師的面前。

「你應該沒料到，這『辟寒金』不僅是你所選的金靈物，也是我選的金靈物。」

陰氣靈瞪大眼睛，表情震驚又懊悔，原來金靈物一直都在自己身邊。她很想伸手去取，可是用盡力氣卻連小指頭都動不了。

「現在，我把這金靈物的能量給你。」儀萱說。

她取出金靈物的能量，送進陰氣靈的身體裡，跟儀萱剛才經歷的一樣，陰氣靈也感到束縛它的力量來到胸口，它口一張，一顆跟黑凝珠一樣形狀大小的冰凝珠射了出來，不過陰氣靈還不能動彈，是由儀萱接住它。

冰凝珠像顆剔透的水晶，在儀萱的手中旋轉，周身散發晶亮透明的光芒。

儀萱重新在冰凝珠上施法，只見冰凝珠愈轉愈快，射出兩道亮眼的光芒，一道射向陰氣靈，一道射向儀萱，兩道光束形成光膜將兩人包覆起來。

宗元睜大眼睛看著，儀萱跟陳老師被耀眼的光膜包圍，宗元不得不瞇起眼睛，他暗自擔心，儀萱跟陳老師會不會從此消失呢？

過了不知多久，光膜又化成兩道光束，只是這次，兩道光束是向亓霜的胸口射去，儀萱跟陳老師恢復了原狀。

「儀萱。」陳老師睜開眼睛，宗亓和儀萱衝過去把她扶起來。

「老師，你還好嗎？」儀萱問。

「我沒事了。儀萱，你成功了！陰氣靈不在我體內了。」陳老師還是有點虛弱，不過面帶微笑，講話的語氣也恢復正常，不再帶有陰氣靈的邪氣。

「老師，也是靠你幫忙，我才能找到金靈物。」儀萱說。

「我幾次寫下線索，可是都被陰氣靈毀掉，還好它沒發現離合詩的密碼，而且讓你給解開了！你眞是不簡單。」陳老師讚賞的說。

「現在詞靈在亓霜的身上？」宗亓看著亓霜。

「是的，正氣靈和陰氣靈都在我身上。現在儀萱跟這位姑娘都沒有法力了。」亓霜點點頭，「詞境還要一段時間恢復，不過我可以應付得來。我會接受身體裡面的兩股力量，讓它們保持平衡，不會讓陰氣靈再控制我的。」

「那我跟宗亓要帶老師回到我們的世界了。」儀萱說。

「好，你們只要背詞，隨時都可以來詞境走走。」元霜真誠的說。

「太好了！」宗元說，想到自己可以在唐詩宋詞裡自由進出，就覺得很開心。

「對了，陳老師，陰氣靈挾持著你離開教室後，你的形體就失蹤了，它帶你去哪裡？」儀萱問。

「它帶我去棉被阿伯那兒，它也控制了他的言行一陣子。」陳老師的表情有點擔憂。

「等你回去後，一切都會恢復正常了。」元霜拍拍老師的肩膀安慰她，同時也悄悄給她一些能量，讓她儘快恢復體力。

24

「柳宗元！你不要以爲會背詩就可以上課睡覺！」陳老師剛才嗡嗡的講課聲變成大吼，宗元揉揉眼睛站起來。

唉，老師回學校上課後，果然一切都恢復正常了。

「你說，剛剛我講到哪裡？」陳老師沒有因爲宗元去詞境救她回來就特別對他寬容，每次上課睡覺都被吵醒，有時候宗元還眞後悔去救她，當然他只是想想而已，他不可能眞的袖手旁觀的。

「講到……」他抓抓頭，斜眼看著儀萱。儀萱比手劃腳，右手拇指彎曲跟四指相碰，又把手放到嘴邊，頭往後傾。

「喝酒……」

儀萱伸出食指，往下指到肚子，然後雙手揉揉眼睛，彷彿在哭泣。

「喝酒……喝進肚子裡，然後傷心的哭……」宗元不確定的說。

「是『酒入愁腸，化作相思淚』！」老師瞪著他，「你站著上課！」

陳老師叩叩叩的走回講臺，不理會宗元苦著臉，一直站到下課。

「要不要一起去看陳阿姨？」放學時，儀萱收好書包來找宗元。

「才不要，我好心去救陳老師，她居然不讓我睡覺還叫我罰站。」宗元憤憤說。雖然嘴上這麼說，他整理好書包後，還是跟儀萱一起到陳老師家。

陳老師看到他們來，非常高興。

「來來來，上次你們把我的梳妝臺移出來，我一個人搬不回去。」陳老師第一句話就是要他們做事，儀萱和宗元對望一眼，吐吐舌頭。宗元懷疑，老師是不是失去記憶，忘記他們冒著生命危險，出生入死去詞境救她的事情。

「謝謝你們！我不在的這段時間過來照顧我姊姊，她告訴我說，你們會幫她買吃的，還整理家裡。」陳老師在他們移好梳妝臺後，請他們到客廳坐。

「沒有啦，陳阿姨人很好，我們都喜歡她。」儀萱說。

「不過她說她的高中同學也來看她？是誰啊？」陳老師滿臉疑惑。

儀萱跟宗元一聽哈哈大笑。

「你們最近有沒有去李清照的〈浣溪沙〉看元霜？」陳老師問，看來她的確記得所有的事情。

「有。」儀萱說，「詞境都恢復了，不再模糊不清了。」

「太好了！想不到，我研究了大半輩子的詩詞，這次居然讓我進入了詞境，雖然那時是被陰氣靈控制，但是實在太奇妙了。」陳老師說。

儀萱了解那種感覺，而且自己還是正氣靈呢！

「所以說，平時就要多背詩詞，你不知道哪天會有什麼樣的際遇，不要上課老是睡覺！」陳老師瞄了宗元一眼。

唉，老師果然是老師，馬上恢復說教的語氣。

「好。」宗元吐吐舌頭。

他們交換這陣子的心得，一個是正氣靈，一個是陰氣靈，一個是去過詩境救詩魂的人，聊到很晚儀萱和宗元才離開。

太陽下山，秋天的夜晚顯得更加清冷，今天又是一個月圓的夜晚，伴著月色，儀萱跟宗元並肩走在路上。兩個人難得那麼輕鬆，不用再尋找靈物，不用再猜測誰是陰氣靈，儀萱現在要靠著自己的實力背詞，但是她一點也不覺得苦。

「對了，宗元，你有沒有想過，爲什麼你跟我會去拯救詩境或詞境？」儀萱問。

「因爲我們被賦予了神聖的使命啊！」宗元大言不慚的說。

儀萱翻翻白眼，「說眞的，這些詩詞流傳了千百年，爲什麼之前都沒有出事呢？」

「你又知道之前都沒出事？」宗元反駁，「說不定在我們之前，也有人有特殊能力，去過詩境或詞境。」

儀萱忽然想起曄廷，他可以感受到儀萱的特殊能力，似乎知道一些事情，甚至，他可能也有一些特殊能力。

「你說的沒錯。不過，詩境和詞境最近接連被破壞，我總覺得哪裡不對勁。」儀萱若有所思的說。

「不管哪裡不對勁，我們一定可以一起解決的，」宗元說，「你看，我們不是一起對抗龍兮行、西王母、陰氣靈，還有陳老師嗎？」

「陳老師就是陰氣靈，而且她是被利用的，不能算啦。」

「怎麼不算。要抗拒陳老師催眠的法力，比什麼都難！」宗元振振有詞。

儀萱忍不住大笑。

心情愉悅的兩人這時還不知道，更艱難的考驗正在前方等著他們。

宋詞時光走廊

詞的發展到宋代趨於鼎盛，比起講究字數的唐詩，它的形式更為自由，也留下了許多流傳千古的作品。然而，詞人是在什麼時空底下創作出這些詞作？在作品背後又隱藏著什麼不為人知的故事呢？

「手提金縷鞋」與姊夫幽會的小周后？

在南唐滅亡前，李煜寫了許多「情詞」給他的兩位皇后，〈菩薩蠻〉便是其中之一。當時大周后臥病在床，皇后的妹妹入宮探病，卻與自己的姊夫有了私情，詞中「剗襪步香階，手提金縷鞋」，便是形容她躡手躡腳、生怕被人發現的模樣。然而這件事最終還是傳到大周后耳裡，沒多久就香消玉殞了。大周后死後三年，李煜娶了她的妹妹，立為小周后；小周后是個頗懂得情趣享樂的人，傳說「鵝梨帳中香」就是她發明的。

傳唱千古的〈虞美人〉是李煜的絕命詩？

〈虞美人〉是南唐後主李煜最著名的一首詞，最後兩句「問君能有幾多愁，恰似一江春水向東流」更是傳唱千古，然而卻也是這首詞害得李煜步上黃泉。北宋太平興國三年（西元九七八年），是李煜被俘虜到汴京的第三年，當時的皇帝宋太宗派李煜的舊臣徐鉉拜訪他，想測試這位亡國國主是否仍有異心。李煜見到徐鉉後非常傷心，對自己過去沒有勤勉於政事說了許多懊悔的話，還寫了〈虞美人〉懷念故國。宋太宗聽聞徐鉉的回報後勃然大怒，便在李煜的生日七月七日，賜給他一包牽機藥，毒死了這位才子君王。

蘇軾十年才祭拜亡妻一次？

「十年生死兩茫茫，不思量，自難忘」，這首〈江城子〉是歷史上著名的悼亡詞，是蘇軾悼念亡妻王弗所著。蘇軾十九歲時和元配王弗成婚，據說這位王夫人知書達禮，不僅陪伴蘇軾讀書，還經常提點他如何與人交往。然而好景不長，兩人的婚姻只持續了十一年，王弗便因病去世了。王弗過世後，蘇軾因為與推動新法的王安石意見不合，被貶出汴京，四處流離。即使是寫下這首〈江城子〉的時候，蘇軾也遠在密州擔任知州，只能遙想千里外的故人孤墳。

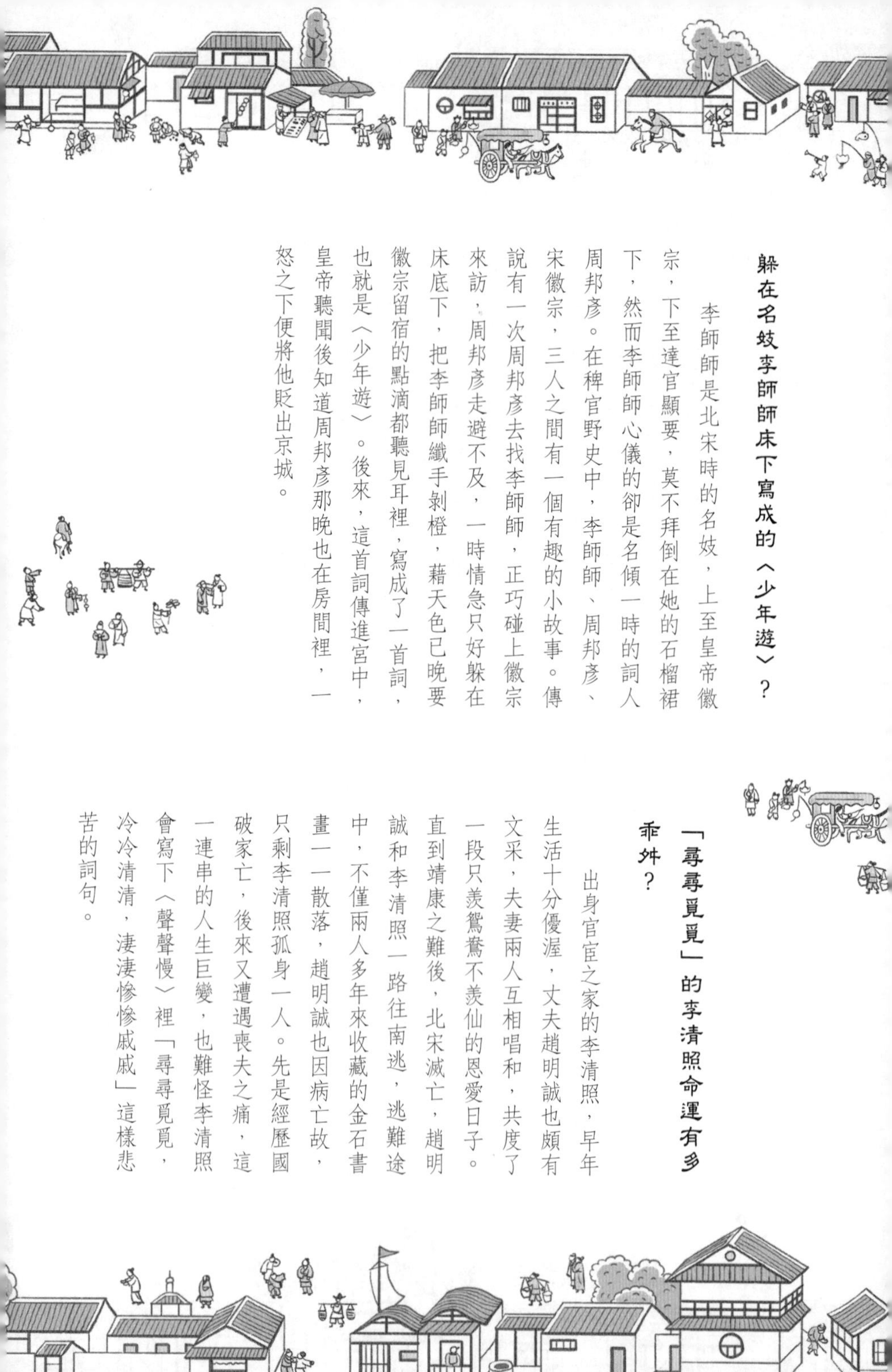

躲在名妓李師師床下寫成的〈少年遊〉？

李師師是北宋時的名妓，上至皇帝徽宗，下至達官顯要，莫不拜倒在她的石榴裙下，然而李師師心儀的卻是名傾一時的詞人周邦彥。在稗官野史中，李師師、周邦彥、宋徽宗，三人之間有一個有趣的小故事。傳說有一次周邦彥去找李師師，正巧碰上徽宗來訪，周邦彥走避不及，一時情急只好躲在床底下，把李師師纖手剝橙，藉天色已晚要徽宗留宿的點滴都聽見耳裡，寫成了一首詞，也就是〈少年遊〉。後來，這首詞傳進宮中，皇帝聽聞後知道周邦彥那晚也在房間裡，一怒之下便將他貶出京城。

「尋尋覓覓」的李清照命運有多乖舛？

出身官宦之家的李清照，早年生活十分優渥，丈夫趙明誠也頗有文采，夫妻兩人互相唱和，共度了一段只羨鴛鴦不羨仙的恩愛日子。直到靖康之難後，北宋滅亡，趙明誠和李清照一路往南逃，逃難途中，不僅兩人多年來收藏的金石書畫一一散落，趙明誠也因病亡故，只剩李清照孤身一人。先是經歷國破家亡，後來又遭遇喪夫之痛，這一連串的人生巨變，也難怪李清照會寫下〈聲聲慢〉裡「尋尋覓覓，冷冷清清，淒淒慘慘戚戚」這樣悲苦的詞句。

〈念奴嬌〉裡「羽扇綸巾」說的是誰？

元豐二年（西元一〇七九年），蘇軾因為烏臺詩案被貶至黃州，這是他仕途上非常嚴重的一次挫敗，甚至差點丟了性命，卻也因此寫下〈念奴嬌〉這首雄渾豪放的代表詞作。這首詞上片在說千古以來，許多英雄豪傑就像一去不復返的江水消逝，下片則借周瑜迎娶小喬、在赤壁大敗曹軍的英姿煥發，對比自己年近半百，卻遭到貶謫之苦。從整首詞的詞義來看，「羽扇綸巾」指的是周瑜，至於為什麼很多人會誤認為是諸葛亮呢？八成是後人賦予的形象，讓「羽扇綸巾」漸漸成為諸葛亮的代名詞。若是周瑜地下有知，恐怕也會大呼：「既生瑜，何生亮」吧！

少年天下系列 —— 037

詞靈（仙靈傳奇2）

作　　者｜陳郁如

責任編輯｜李幼婷
封面插畫｜蔡兆倫
封面設計｜黃聖文
行銷企劃｜葉怡伶

天下雜誌群創辦人｜殷允芃
董事長兼執行長｜何琦瑜
媒體暨產品事業群
總經理｜游玉雪
副總經理｜林彥傑
總編輯｜林欣靜
行銷總監｜林育菁
副總監｜李幼婷
版權主任｜何晨瑋、黃微真

出版者｜親子天下股份有限公司
地址｜台北市 104 建國北路一段 96 號 4 樓
電話｜（02）2509-2800　傳真｜（02）2509-2462
網址｜ www.parenting.com.tw
讀者服務專線｜（02）2662-0332 週一～週五：09:00~17:30
讀者服務傳真｜（02）2662-6048
客服信箱｜ parenting@cw.com.tw
法律顧問｜台英國際商務法律事務所・羅明通律師
製版印刷｜中原造像股份有限公司
總經銷｜大和圖書有限公司　電話：（02）8990-2588

出版日期｜ 2017 年 5 月第一版第一次印行
　　　　　 2024 年 7 月第一版第三十七次印行
定　　價｜ 380 元
書　　號｜ BKKNF037P
ISBN ｜ 978-986-94531-4-1（平裝）

訂購服務 ——
親子天下 Shopping ｜ shopping.parenting.com.tw
海外・大量訂購｜ parenting@cw.com.tw
書香花園｜台北市建國北路二段 6 巷 11 號　電話（02）2506-1635
劃撥帳號｜ 50331356 親子天下股份有限公司

國家圖書館出版品預行編目資料

仙靈傳奇2：詞靈 / 陳郁如文. -- 第一版. -- 臺北市：親子天下, 2017.05
336頁；14.8×21公分. --（少年天下系列；37）
ISBN 978-986-94531-4-1（平裝）

859.6　　106004650

立即購買 >